Coverillustration : Noboru Takatsuki

Cocktail Kiss Label

ホントウは恋のはじまり

火崎　勇
Yuu Hizaki

この物語はフィクションであり、実在の人物・団体・事件等とは、いっさい関係ありません。

Contents

イラスト・タカツキノボル

ホントウは恋のはじまり

大学に入学した俺はデザイン同好会なるものに入部した。

将来デザイナーになりたかったので。

それなら美大に行けばいいと言われるかもしれないが、親が普通の大学でなければ学費は出さないというので、仕方なく普通の大学に入ったのだ。

ちなみに、こっそり美大も受けたが落っこちた。

でも同好会で、同じようにデザインが好きな人間と出会えるかもしれないし、もしかしたら先輩達からデザインのノウハウを教えてもらえるかもしれないと思った。

期待して入部した当日、その夢は潰《つい》えたのだけれど……。

デザイン同好会は、プロのデザイナーのあれが好き、これが好きと批評をする会だった。

部員は幽霊含めて三十人ほど。

好き勝手に部室に集まり、適当にディスカッションして、適当に解散する。

女子達は主に部室をカフェ代わりにしていた。

「深田《ふかだ》は、デザイナーになりたいって言うが、何のデザイナーになりたいんだ？」

そう声をかけてくれたのは、先輩の戸部《とべ》さんだった。

筋骨隆々だけどイケメンで、あの有名なハンマー投げの選手みたいな人だった。

「なんでもいいんですけど、何か作る人になりたくて」

今思うと、ものを知らない子供だった。

田舎の高校で、人より絵が上手くて手先が器用、それだけでみんなに『デザイナーになったらいいのに』と言われてその気になっただけの。

「デザイナーと言っても色々あるだろう？　コンピューターグラフィックを手掛けるＣＧデザイナー、ネットのサイトなんかを作るウェブデザイナー、ポスターやフライヤーを作るグラフィックデザイナー。服を作るならファッションデザイナーだし、ゲームを作るならゲームデザイナー。ＵＩデザイナーはちょっとデザイナーというより編集者っぽいか。ＤＴＰデザイナーもエディトリアルデザイナーもそっちかな？　家具を作るならインテリアデザイナー、宝石ならジュエリーデザイナー、工業製品ならインダストリアルデザイナー、その他の製品ならプロダクトデザイナー。プロダクトデザイナーを細かく分けると……」

「ち、ちょっと待ってください。何ですか、それ」

「デザイナーのざっくりした区分だよ」

デザイナーという言葉に、そんなにいっぱい種類があるなんて……。

ＵＩデザイナーとか、ＤＴＰデザイナーなんて聞いたこともない。

「何になりたいかによって、学ぶべきものも違うからな。深田は何のデザイナーになりたいんだ？」

純真な目で見つめられて、俺は正直に白状した。

「そこまで深く考えたこと、なかったです。絵を描いたり小さい物を考えて作ったりするのが好きだったので、何かをデザインできたらなぁ、と思ってた程度で……」

自分の無知が恥ずかしかった。

でも戸部さんは笑わなかった。

「そうか、じゃ深田はオールマイティーなデザイナーになりたかったんだな」

何て優しい人なんだろう。

こんなことも知らずにデザイナーとか言ってたのか、と嘲笑するのではなく、オールマイティーなデザイナーなんて素敵な言葉をくれるなんて。

「だが今は色んなものが細分化されてるから、自分のやりたいジャンルを見つけてそれ一本で勉強した方がいいぞ。ちなみに、俺はウェブデザイナーになりたい。以前はエディトリアルデザイナーになりたかったんだが」

「あの……、エディトリアルデザイナーって何ですか？」

この人はバカにしないとわかったので、おそるおそる訊いてみる。

「本の編集やデザインをする仕事だ。レイアウターとか、装丁家なんかだな。だが最近はネットの方が主流だから、ウェブデザイナーに変更した」

「そんなにはっきりとした目的があるのに、どうして専門学校に行かなかったんです？」

俺なんかと違って、自分の道が見えてるならそっちの方がよかったのでは？

あ、まさか、俺と同じでそっちには落ちたとか？

「デザイナーなんて、簡単になれるものじゃないからな。ダメだった時に潰しがきくように、だ。専門学校へ行くと専門の仕事しか探せないが、四大なら一般職でも何でも対応してくれるだろう。ま、小狡かったたってことだ」

「そんな！　堅実です」

「そうか。ありがとう。深田もまだ決めてないなら、一緒にウェブデザインの勉強するか？本とか貸してやれるぞ」

優しい先輩からの優しいお誘い。

どうしてこれを断れるだろう。

他に目的もなかった俺が。

「はい。そうします！」

これで俺の将来は決まってしまったと言ってもいいだろう。

二学年上の戸部先輩は、在学中ずっと俺の面倒を見てくれて、大学卒業と同時に就職……ではなく、自分で会社を立ち上げた。

有言実行。

ウェブデザインの会社だ。

大学卒業してからも同好会の部室に顔を出し、後輩の面倒をよく見てくれた。

もちろん、俺も目をかけてもらった。

「青田買いだ。卒業したら、俺んとこの会社へ来いよ」

またしてもあこがれの先輩からの魅惑的な誘い。

この頃には、俺はもう自分が平凡な人間だと気づいていた。

絵がちょっと上手くて手先が器用。でも学力は上の下。特技と言えるものもなく、ルックスだって平々凡々。

人付き合いは上手いが、それを特技だなんて言えないだろう。

だから、戸部さんの誘いに乗ってしまった。

「はい。必ず」

ウェブデザインのことなら、戸部さんに教えられて少しはわかる。

何より、この人の下《もと》でなら、楽しい会社員生活が送れるだろうと思って。

東京《とうきょう》で就職すると親に言った時は、援助ナシと言われてしまったが、在学中にバイトでコツコツ貯めた金もある。

何とかなるさとばかりに、大学卒業して戸部さんの会社、『NOT　SIX』に入社した。

都心にオフィスを構える、従業員三十五名の大きな会社となった、『NOT　SIX』に。

これから頑張るぞ。

毎日が楽しみだ。

そう思っていたのに……。

戸部さんからは聞いていなかったことが一つだけあった。

それは、そこに木曽《きそ》さんがいる、ということだった。


木曽義人《よしと》。

戸部さんと同じく俺の二学年上の大学の先輩で、デザイン同好会の幽霊部員。

木曽さんは、メチャクチャ顔のいい人だった。

初めて見た時には、何てカッコイイ人なんだと思って見惚《みほ》れたほどだ。

肩まである不揃いなサラサラの髪、高い鼻、鋭い眼光。背も高くて、適度に引き締まった身体で、着てるものもいつもファッショナブルで、まるでモデルみたいだと思った。

その時は、口をきいてなかったので。

そう、木曽さんは口が悪かった。

いや、口だけじゃない、態度も悪かった。

部室でタバコは吸うは、酒は持ち込むは。

顔がいいのでもちろん女性にモテていたが、いつも人をバカにしたような目をしていた。

ただこの人は戸部さんと仲がよかった。

俺と戸部さんが話していると、いつも近づいてきて、戸部さんを連れて行ってしまった。

ほとんど人と口をきかない。

きいてもバカにしたりからかったり。

俺もその被害者だった。

「デザイナーがどんなものかも知らずにデザイナーになりたいって思ってたんだって？　オメデタイ頭だな」

「古本もらって喜んでるなんて、貧乏人だな」

「また菓子パン食ってんの？　子供舌だな」

とにかく、俺を貧乏な子供にしたがった。

それがある日突然変わった。

人に親切になり、毒舌も止まったのだ。

俺は戸部さんとの付き合いが、彼をいい方向に変えたのでは、と思っている。

ただ……。

途中から変な方向に進路変更された。

最初は、『ほら子供舌』といって菓子パンをくれたり。

「お古でもよかったらやるよ」

と高そうなダウンジャケットを、くれたりしただけだった。

物をもらったから言う訳ではないが、いい人になったなあと思ってたんだけど、ある日突然こう言い出したのだ。

「俺、深田のこと好きだな。愛してるのかも」

何がどうなったらそうなるんだ。

以来、彼は俺に愛の告白をし続けた。

からかわれてるのはわかってるけど、迷惑だ。

それでも、彼は同好会の部室に顔を出し続けた。

大学を卒業しても、戸部さんと一緒に、あるいは一人で、顔を見せた。

でもその間一度も『戸部の会社で働いてる』なんて言わなかったのに。

入社式、俺と同期の新人二人の前に、彼は現れたのだ。

新しいオフィス。

フロアにいる人達に新人紹介をする席。

「社長の戸部です。三人とも、入社してくれてありがとう。これからガンガン働いてもらうぞ」

と挨拶した戸部さんの隣に、相変わらず自由な服装で、ルックスだけはカッコイイ木曽さんが立っていた。

「デザイナー兼副社長の木曽だ。ヨロシク」

そして明らかに俺に向けて、ウインクした。

何でだよ……。

何でこの人がここにいるんだよ。

副社長って何だよ。

俺はここにインターンで一カ月来てたんだぞ？　その時には一度も会わなかったじゃないか。

「じゃ、配属だが、深田は俺のアシスタントな」

だから何で、社長じゃなく、副社長のあんたがそれを言うんだよ。

学生だったら、『何言ってるんですか』と言えた。けれど会社ではそれは言えなかった。

新人平社員と副社長だから。

あこがれの先輩と楽しい社会人生活は、この瞬間、苦手な先輩との地獄に変わった。

後で、どうして言ってくれなかったのかと訊いたのだが、木曽さんの答えはあざとかった。

「お前が戸部にあこがれてるのは知ってたし、あいつはお前を誘う気満々だったから、黙ってればきっとウチに入社するだろうな、と思って」

計画的犯行だ。

でも、もう逃げられなかった。

戸部さんと離れたくなかったし、今から他の会社に就職するなんてできっこない。

人生詰んだ。

そう思うような、新社会人の幕開けだった。


ぬくぬくとしていた学生時代が終わり、社会人になると人は変わる。

責任感が出たり、人付き合いを覚えたり、手を抜く方法を覚えたり。

ご多分に漏れず、俺も変わった。

神経が図太くなった。

学生時代から住んでるアパートで目覚め、朝食をしっかり摂ってから着替えて出社する。

学生時代、木曽さんにからかわれるほど菓子パンを食べていたのは、貧乏だったからだ。

学食で一番安いうどんは百八十円だったけど、同じ値段で菓子パンと牛乳が買える。

うどん一杯より牛乳が付いていた方が栄養価が高いと思っていたのだ。

あの頃はバイトして、節約して、お金を貯めたかった。

在学中から、卒業したら地元に帰ってこいコールがうるさかったので、東京に残るなら金を貯めなければと思っていたのだ。

戸部さんは信じていたけれど、万が一ということもある。その時は、改めて専門学校に……、なんてことも考えていた。

まあ心配したことにはならず、無事就職できたけど。

満員電車を避けるため、少し早く家を出るので、会社に到着するのも少し早め。

まだみんなが来ていないうちに共有スペースの掃除をする。

うちの会社は決まったデスクの他に気分転換用のフリースペースがあるのだ。

ウェブ系の仕事は、殆《ほとん》どがパソコンの中に業務が集約されている。

しかも最近はデスクトップじゃなくても十分に仕事に対応できる。

なので、煮詰まった時には自分のタブレットやノートパソコンを持って、共用スペースでは仕事をしていいことになっている。

そこは、カフェのように白い曲線的なカウンターテーブルがあり、コーヒーメーカーも置かれている。

休憩にも使ってよいが、仕事をしている人もいるので業務時間内は私語は禁止。

昼休みは自由で、お弁当を食べてる人もいる。

癒しになれば、とオフィス部分とは観葉植物で仕切られていた。

さすがは戸部さんだな。

こんなスペースを作るなんて、社員のことを考えてるし、センスもいい。

俺はコーヒーを淹れて、そこに座り、タブレットをチェックした。

今日の予定は、クライアントと打ち合わせだ。

「相変わらず早いな」

……来たか。

「おはようございます」

いつも遅い木曽さんが、早く出社するのはクライアントとの打ち合わせの時だ。

俺は彼のアシスタントとして、もう一年以上一緒に仕事をしていた。

「俺にもコーヒー淹れてくれ」

と言って俺の隣に座る。

「はい、はい。ブラックですね」

入れ替わりに立ち上がってコーヒーを淹れに行く。

そこにサーバーがあるんだから、自分で淹れればいいのに、という論争はもうとっくの昔にやった。

他人が淹れた方がコーヒーは美味いんだ、と言われて終わりだったけど。

俺はスーツだけど、木曽さんは黒のロングコートにデザインシャツだ。

デザイナーはちょっと変わった格好をしている方が『らしい』だろ、と言うのが彼の持論だった。

「はい、どうぞ」

彼の前にコーヒーの紙コップを置く。

「今日は角井《かどい》デパートの方と打ち合わせですけど、コンセプトラインはどうします？」

「ああ、ちょっと待て」

彼は自分のスマホを取り出して操作した。

すぐに俺のスマホが鳴る。

「今送った」

自分のスマホを取り出してメールをチェックする。

本当は木曽さんにメアドも番号も教えたくなかったのだけれど、こうして仕事で使うので仕方がない。

コンセプトラインは、豪華なユーティリティと書かれた企画書が添付されている。

出会った頃から比べると、大分丸くなったけれど、何故か木曽さんはおじさんが嫌いだ。

何かで意見が衝突すると、敵意剥き出しになってしまう。

そこを美味くコントロールするのが、俺の仕事だった。

初めてその場面に遭遇した時は驚いた。

それまで普通に余裕を持って話をしていたのに、突然キレたのだ。

「自分でできないことを他人に押し付けようとすんな。自分でものを考えてからオーダーしろ。抽象的なことばっかり言ってるな」

もちろん、相手は怒った。

新人の俺でも、ヤバイとわかった。

何とかしなくては、と思って、俺がその場で土下座した。

「申し訳ございません。うちのデザイナーが失礼なことを申しました。ただ、よりよいものを作りたいという気持ちの表れなんです。はっきりとしたオーダーがあればお応えしたい、と言いたいだけなんです」

怒っていた相手の人も、ただ謝罪するだけでなくソファから下りて土下座した俺を見て、振り上げた拳を下ろしてくれた。

驚いたのは木曽さんも一緒だったのだろう。

たった今ブチキレたのに、すまなさそうな顔でクライアントに謝罪した。

「失言でした。すみません」

帰ってきて戸部さんに業務報告として説明すると、戸部さんはため息を一つついて「そうか」と言っただけだった。

怒らないのかと訊いたら、後で怒ると彼を帰してから言った。

「あいつが謝罪したのは深田のお陰だな。これからもあいつのこと、よろしくな」

戸部さんに任されてしまった……。

不本意だが、それ以来俺は打ち合わせの前に木曽さんのコンセプトラインをチェックすることにしている。

もしも相手が彼の意に沿わないことを口にしたら、すかさずフォローできるように。

説明が足りない彼の言葉をリカバリーするために。

それには見当違いのことを言い出さないように、木曽さんの行きたい方向を先に知っておかないと。

俺がスマホを見ている間、木曽さんはじっと俺を見ていた。

俺が神経が図太くなったな、と思うのはこういう時だ。

学生時代なら絶対『何ですか？』と聞いていただろう。

そしてからかわれるのだ。

でもう今は、彼を無視することができるようになった。

見たいなら見てればいいじゃないですか、別に減るもんじゃないからいいですよ。

「大体わかりましたけど、この『豪華』と『ユーティリティ』のどちらかを優先させろと言われたらどうしますか？」

「豪華、と言いたいがユーティリティかな。いや、俺は豪華を優先させたいが、相手はユーティリティと言うだろうなってことだ」

「俺は木曽さんのやりたい方を聞いてるんです」

「豪華だ」

「わかりました。これ、紙のカタログやりたいんですか？　書いてませんけど」

「いや、そっちはいい。納期が被るだろう」

「あちらから依頼された場合は？」

「納期を伸ばしてくれるんなら、考えてもいい」

「他に聞いておきたいことはありますか？」

「数字はしっかり伝えて欲しい、一番売りたい物は早めに教えて欲しい、ぐらいかな」

「わかりました」

会話が途切れた時、声がかかった。

「おはよう」

戸部さんだ。

「おはようございます」

思わず笑顔で振り向く。

「二人とも、朝から頑張ってるな」

「手綱付けられてるところだ」

「いいことだ。しっかり手綱を操ってもらわなきゃ」

「戸部さんもコーヒー飲みますか？」

「おう、頼む」

「俺の時は言わなきゃ淹れてくれなかったクセに」

不満そうに木曽さんが口を尖らせる。

「二人がコーヒー飲んでて、三人目が来たらコーヒーを勧めるのは当然でしょう」

「あからさまに俺とは態度が違うんだよな」

「妬《や》くな、妬くな」

「お前邪魔なんだよ。せっかくの二人の時間を邪魔して」

また子供みたいなことを。

「ただの打ち合わせですし、たった今終わりました」

戸部さんは、俺の隣に座ってくれればいいのに、木曽さんの向こう側に座った。

「角井デパートの通販カタログ上手くいきそうか？」

「プレで画面は作ったが、あそこのジジイは頭が固いからな」

「ジジイとか言うな」

「オッサン」

「木曽」

「はい、はい。担当者サマな。前の時も定番がいいってうるさかったから、二パターン作っといた」

「見せてみろ」

「絵は入ってないぞ？」

「一応だよ」

二人が話し始めたので、俺はコーヒーを一気に飲み干して席を立った。

「それじゃ木曽さん。十時に出ますからね」

「ああ」

オフィスの方に戻ると、もう何人か出社していた。

「深田、社長達と話してたのか？」

席に戻ると、同期の石塚《いしづか》が声をかけてくる。

「今日クライアントと打ち合わせだからミーティング」

「同じ大学だったんだろ？　いいよな。俺なんか木曽さんの前に出ると未だに緊張しちゃうよ」

「木曽は何するかわかんないからな」

俺達の会話に割って入ってきたのは、先輩デザイナーの立花《たちばな》さんだ。

この会社、美男美女が多いんだよな。

俺や石塚は普通クラスだけど、立花さんはイケメングループの人だ。

「木曽さんって、いつもは明るくて愛想も悪くないんだけど、社長から接待禁止令が出てるってホント？　酒飲むと暴れるからって」

俺に向けての質問だ。

「そんなことないですよ。ただ接待が好きじゃないみたいです」

「なんでだろ。綺麗なオネーサンに囲まれて、会社の金で酒が飲めるのにな」

「酒は一人で飲む方が好きだって言ってました」

「変わってるよな。突然ブチキレてクライアントとケンカしたんだろ？」

立花さんは今年からの中途採用で入ってきたから、あの事件を知らないのだろう。

「大立ち回りだったって？　警察も来たって。で、最終的には土下座したんだろ？」

だから色々間違ってる。

「違います。ちょっと意見が衝突しただけです。すぐに謝罪はしましたが、木曽さんは土下座はしてません」

「何だ、あいつが土下座するとこ、見てみたかったのに」

と言って笑った立花さんの背後に黒い影。

注意する間もなく、立花さんはガシッと頭を掴まれた。

「残念だったな。何ならお前に土下座させてやろうか？」

……木曽さんだ。

でも立花さんは引かなかった。

「離せよ、髪が乱れるだろ」

「くだらないこと言ってるからだ」

「わかった、わかった。知らないから聞いただけだろ。正しい情報が入らないと落ち着かないんだよ。」

「じゃ、今訂正されたんだから気が済んだだろ」

立花さんの頭を離して、自分のデスクに着く。

「深田、データ送るからプレ用の画面プリントアウトしてくれ。戸部がジジイには紙で説明した方がいいって言うから」

「はい」

「木曽って、社長のいうことは聞くんだよな」

立花さんはボソッと呟いた。

はい、それは真実です。

「社長だからじゃないですか？」

木曽さんの耳には届かなかったようだが、石塚にはその呟きが聞こえたらしく、そう答えた。

だがそれは違う。

木曽さんは役職を重視する人ではない。

彼が戸部さんの言葉に従うのは理由があるのだ。

そう、俺は知っている。

知っていることを誰にも言わないけど、知っているのだ。

多分、木曽さんが変わった原因であることを。


学生時代のある日今日は戸部さんが来てると聞いて、いつものように部室へ向かった。

学年が違うから、戸部さんとタイムスケジュールが合わず、かと言って彼の時間割を調べるのは失礼だと思っていたので、偶然を期待するしかなかったのだ。

でも今日は、戸部さんを知ってる友人が、学内で彼の姿を見たというので、いそいそと部室へ向かった。

デザイン同好会はマイナー同好会なので、与えられた部室は敷地の隅に建つ、木造の古いクラブハウスの一室。

ここを使う他のクラブも、幽霊部員の多い文化部ばかり。

なのでその日はひっそりとしていた。

静かな木造の建物ってちょっと怖いよな、とか思いながら部室へ向かうと、細く開いた引き戸から突然声が聞こえた。

「そんなこと言うな！」

戸部さんの声だ。

しかも結構怒ってる？

「俺はお前を愛してる」

……え？

ええっ？

戸部さんが愛の告白？

いや、あのストレートな性格なら、考えられることだけど。

邪魔しちゃダメだと思いながらも、相手は誰だろうという興味もあって、俺は息を潜めて聞き入ってしまつた。

戸部さんに彼女はいないはずだけど、モテるのは知っていた。

同級生かな？　下級生かな？

自分の知ってる女の子の顔が浮かぶ。

けれど相手はその誰でもなかった。

「お前だってそうだろう、木曽」

木曽……？

木曽さん？

「進也《しんや》」

戸部さんの下の名前を呼ぶのは、確かにあの木曽さんの声だ。

いつも木曽さんは戸部さんのことを『戸部』と苗字で呼んでるのに、なんで今下の名前を？

「違うのか？　お前は俺を愛してくれないのか？」

「そりゃ……、愛してるさ。お前に会えて本当によかったと思ってる」

相思相愛？

木曽さんが戸部さんに懐《なつ》いてるのは知ってたけど。

「じゃあ、俺のことだけ考えろ。他のことは考えるな」

「できない」

「あの男のことは忘れろ」

「進也！」

あの男？

木曽さんには別れた彼氏がいたのか？

頭が混乱してくる。

「頼むから俺のことだけ考えてくれ。俺がお前を愛してることを忘れないでくれ。お前が望むなら、木曽の名前を捨てさせてやる。俺がお前を養子にとってやる」

「バカ言うな」

「それぐらいお前を愛してるってことだ」

「……養子はいいが、お前に愛されてるってことはよくわかった。俺もお前を愛してるから、安心しろ」

俺は、足音を忍ばせて、その場を離れた。

今の……、何？

聞き間違いじゃないよな。

戸部さんが木曽さんを愛してるって言って、木曽さんも戸部さんを愛してるって言った。

どうやら木曽さんには忘れられない前の彼氏がいるらしくて、それを忘れて戸部さんが俺のことだけ考えろって言ってた。

養子……。

そういえば前に聞いたことがある。

男同士だと結婚できないから、養子縁組して結婚するんだって。

俺はカフェテリアまで戻ると、コーヒーを飲みながら、混乱した頭を整理しようとした。

会話は聞き間違えていないだろう。

二人の言葉はとてもシンプルだった。

でも違う意味があるのかもしれない。

……どんな？

友情だって言うなら、養子縁組はいくらなんでもおかしいだろう。

愛してるって言うのも変だ。

じゃ、家の事情で木曽さんが愛情に飢えてるとか？　それで戸部さんが俺は友人として愛してるぞって言ってあげたとか？

それなら何となく辻褄《つじつま》が合う気がするけど、木曽さんは女性にモテモテなのに、それを拒んでる。愛が欲しいなら、彼女達からいくらでも受け取れるだろう。

いや、待てよ。女性を拒むってことは、あの人は元々ゲイなのか？

ゲイなら、戸部さんと恋人でもおかしくは……。

いやいや、ないって。

戸部さんが『愛』を口にするのは、まあわかる。あのストレートな性格の人だから、恋愛じゃなくても『愛してる』って言うことはあるだろう。

実際、同好会でも食べ物を分けてもらっただけで『サンキュー、愛してる』なんて言ってるのを聞いたことがある。

でも、あの木曽さんが『愛してる』なんて他人に言うだろうか？

俺が知ってる木曽さんは、愛なんてちゃんちゃらおかしい、と冷笑するような人だ。

戸部さんの言い方も軽いノリではなかった。

逃げ道を模索して、模索して、最終的には逃げきることができず、俺は二人の関係を受け入れるしかなかった。

戸部さんは真剣に木曽さんを愛していて、木曽さんがそれを受け入れた、と。

俺はため息をついて、もう一度部室へ向かった。

さすがにもう告白劇は終わっているだろうと思って。

だが、そこには木曽さんだけが残っていた。

「何だ、戸部のコバンザメか」

「コバンザメじゃありません。深田です」

戸部さん、帰っちゃったのかな。

だとしたら、俺も早々に退散しよう。

「なあ、深田」

「はい」

「ちょっと訊いていいか？」

俺はドキリとした。

もしかしてこの人から恋愛相談？

だが彼が口にしたのはいつものくだらない話だったので、少し安心した。

遠慮せず、思った通りのことを正直に答えて、彼が黙り込んだところで退散した。

だが、その後から、彼は変わったのだ。

それまで幽霊部員で殆ど部室に顔を出さなかったのに、ちょくちょく顔を出しては戸部さんと話をしたり、他の人に対する態度が良くなった。

無闇に戸部さんとベタベタすることはなかったけど、俺の頭の中では二人は恋人同士なんだ、というイメージは消えなかった。

戸部さんが木曽さんを変えたのだ。

戸部さんが会社を立ち上げた時からずっと一緒にいて、今も戸部さんの言うことだけは聞いてるってことは、今もその関係が続いているのだろう。

恋愛経験は乏しいが、恋が終わってからも親密な関係を続けるなんてことはないことぐらいは俺にだってわかる。

だから、俺は木曽さんが嫌いだった。

あこがれの戸部さんを取られたからではない。

それはいいのだ。

戸部さんが本気で愛した人なら、相手がどんな人でも幸せでいてくれれば許す。

その点で言えば、木曽さんはデザイナーとしてトップクラスで、我が社の稼ぎ頭として戸部さんを支えている。

戸部さんも、いつも幸せそうに笑ってる。

俺が彼を嫌いな理由は、こんな素敵な恋人がいるのに、俺にくだらないことを言うからだ。

「愛してるぞ、深田」

なんて、バカなことを……。


角井デパートの営業部の人との打ち合わせは、ハラハラさせられた。

今回の仕事は角井デパートのウェブの通販カタログだ。

通常のものではなく、京都《きょうと》展専門の。

木曽さんは普段こういう定番の仕事は受けない。木曽さんの得意はもっとアーティスティックなものだ。

　でも角井デパートといえば大手で、引き受けて欲しいと戸部さんに頼まれたことと角井デパート側から指名があったこと。

　それに京都展という華やかな題材だったことで引き受けた。

　だが、依頼は広報部の人間からだったようで、営業部の人達は納得していなかったようだ。

　しかも、営業部からの出席者はおじさんだった。

「我が社としては販売を重視しておりますので、写真は均一にした方がいいと思うんですよ」

「インパクトを与えないと購買意欲もそそらないでしょう」

「ですが一つだけ贔屓するように大きく扱うのは……」

「目玉商品という考えはあるでしょう」

　会話を交わしながら、木曽さんがイラついてきたのがわかる。

　結局広報の人が、木曽さんの考え方は広報としては当然だとフォローしてくれたので、何とかなったけれど。

「取り敢えず、出来上がりを見せていただきましょう」

「宣材の写真の手配は？」

「まだバイヤーがすべてに了解をとってるわけではないので……」

「それじゃ作れないでしょう」

「そこは、適当な写真を代わりに入れて作ってください」

「適当？　お宅で売らないかもしれないものを使ってカタログ作れって言うんですか？」

これが爆弾の第二弾となった。

「決定してるものだけでもすぐに渡していただけると有り難いのですが、可能でしょうか？それから、バイヤーさんが交渉してこれから入りそうなところのものは、その注意書きを付けて渡していただけると」

俺が言うと、広報の人がそれを受けてくれた。

「そうですね。そうさせていただきます。写真の方はデータでよろしいですか？」

「はい、結構です」

時間いっぱい話し合って、終了した後、広報の桜田《さくらだ》さんが来て謝罪した。

「すみません。社内でも年寄りの考えは古いって言われてるんですけどね」

「あんた達も大変ってわけだ」

「まあ、社員ですから」

困ったように笑った桜田さんに、木曽さんのイラ立ちは完全に収まった。

「今度の打ち合わせは、あのジジイに予定が入ってる日にしてくれ。出席してなきゃ文句は言えないだろう。呼び出しは前日になってもいい」

「考えておきます」

彼は軽く会釈し、他の人達と一緒に出て行った。

俺達もそのまま外へ出た。

あとはもう帰社するだけなのだが、木曽さんはタクシーを拾った。

「乗れ」

会社に帰るのだろうと思ったら、彼が告げた目的地は会社があるのとは別の場所だった。

「どこ行くんです？」

「ムシャクシャするから、いいメシを食いに行く」

「俺は行きませんよ」

「おごってやるぞ」

「お弁当持ってきてるんです」

あ、言わなきゃよかったかな。

木曽さんは、にやっと笑って言った。

「それは俺が食ってやる」

「またですか？」

「深田の手料理が食べられるなら安いもんだ。千円でいいな？」

「だから、そんなに高いものは使ってないって言ってるじゃないですか」

「お前が作ったっていうだけで価値が高い」

この人は、俺が弁当を作ってくると、こうして狙ってくる。

食べたいから作れと言われたこともあったが、断った。

すると、俺の弁当を売ってくれと言い出だした。

最初に声をかけられたのが給料日前だったので、つい売ってしまったのが失敗だった。

その時から、俺が弁当を食べないとわかると、声をかけてくるようになってしまった。

「弁当売ってくれたら、昼はステーキだぞ」

ステーキ……。

「たいしたものは入ってませんよ？」

「おかず何だ？」

「昨日の残りものです。豆腐と豚肉のチャンプルーと、厚揚げとさやえんどうの煮物、隙間埋めにブロッコリーぐらいです」

「美味《うま》そうだ」

「木曽さんならもっと美味しいものが食べられるでしょう」

「家庭料理に飢えてるんだよ」

そう言いながら、木曽さんは財布から取り出した千円札を俺のスーツのポケットに突っ込んだ。

仕方ないなあ。

「……ありがとうございます」

俺の残り物の弁当は、千円札に化けた。

ありがたいけど、困っちゃうんだよな。

けれどその困惑も、レストランの個室で鉄板に載ったステーキを見たら、消えてしまった。

入社二年目の平社員にとって、牛肉は神だ。

「美味いか？」

「美味しいです」

素直に答えて、ステーキを口に運ぶ。

「お前、本当に美味そうに食うな」

「だって、美味しいですもん」

「俺に毎食弁当作ってくれれば、毎日ステーキ食わせてやってもいいぞ？」

「それは遠慮します」

「どうして？」

「毎日ステーキじゃ飽きます。たまに食べるから美味しいんですよ。それに、俺だって毎日弁当なわけじゃありません。忙しい時か、食材がない時は作りません。他人の弁当を引き受けたら必ず毎日作らなきゃならないでしょう？　プレッシャーです」

「深田は相変わらず理路整然としてるな」

相変わらず？

俺、そんなに理屈っぽいかな？

「そういうとこが好きだけどな」

……またか。

木曽さんは大きく切り分けた肉を口に放り込んだ。

「もういい加減、俺の恋人になっちゃえば？」

「なりません」

「俺は恋人に優しくするぞ？」

「嘘ばっかり」

「心外だな」

「俺は優しいから人を好きになるんじゃありません」

「じゃ、男がダメなのか」

「ゲイを差別はしません」

「だよな、戸部のことが好きなんだもんな」

俺は返事に困ってしまった。

それはどういう意味だ？　俺が戸部さんを好きだと思ってるのか？　戸部さんがゲイだと知ってるって思ってるのか？

「戸部さんはあこがれの先輩です。恋愛感情はありません」

「じゃあ、どうして今間が空いた？」

「変なこと言うからです」

「戸部には恋人がいるぞ？」

知ってますよ。あなたでしょう。

なのに俺にコナかけてくるから、あなたが嫌いなんです。

「あ」

「どうした？　何か入ってたか？」

「いえ、ちょっと思い出したことがあっただけです。木曽さん、肉ばっかりじゃなくて白いご飯も食べた方がいいですよ」

「白米って、味しないじゃん」

「子供ですか。ちゃんと食べなさい」

俺が叱ると、彼は少し嬉しそうな顔で「はい、はい」と言ってフォークでライスを口に入れた。

こういう子供っぽいところは、可愛いな。計算でなければ。

でも、俺が声を漏らした理由については、これで流れてくれた。

俺が声を漏らしたのは。あることに気づいたからだ。

もしかして、木曽さんは俺を警戒してるんじゃないだろうか、って。

俺が戸部さんのことを恋愛感情として好きだと誤解して、戸部さんに近づかないように自分がモーションかけて気を引こうとしてるんじゃないかって。

こんな平凡な人間に、さしたる理由もなく突然好きだって告白するなら、その方が真実味があるじゃないか。

戸部さんが俺を可愛がってくれてるのもあって、いじめて遠ざけることができないので、対象を変えさせようとしている。

うん、あり得る。

「戸部さんのことですけど」

それなら、彼の不安を取り除いてやれば、変なことは言い出さないかも。

「俺、兄弟下だけなんです。妹と弟。だから戸部さんはお兄さんみたいな感じなんです」

「ああ、それはわかる。あいつ、兄貴気質だよな」

木曽さんは俺の言葉に同意した。

うん、いい感じ。

「俺、大学の同好会に入った時、デザインとかデザイナーとか、全然詳しくなくて、それでもデザイナーになりたいとか言ってて。そんな時に戸部さんがバカにせず色々教えてくれたから、お兄さんみたいって思ったんです」

『お兄さん』を強調して、繰り返す。

「ああ、兄貴がいたら、こんな感じなのかなぁって」

「そうだな。し……戸部は面倒見がいい」

今『進也』って言おうとした！

だが俺は表情も変えないし、突っ込まないぞ。

知らない方がいいのだ、そのことは。

「そうか。兄貴か……」

「そうそう。兄貴です」

よかった、納得してくれたか。

「じゃ、俺が口説いても問題はないな」

「どーしてそうなるんですか！」

いかん、つい突っ込んでしまった。

「だって、お前はゲイに偏見がない。戸部は兄貴のように慕ってるだけ。今、彼女も彼氏もいないだろう？　なら俺が……」

「もういいです！　静かにご飯食べさせてください」

見当違いだったかな。

それとも、まだ納得してないのかな？

「愛してるって言ってやってるのに」

「上から目線が嫌です」

まだこの悪ふざけが続くのかと思うと、ウンザリだった。


「深田くん、ちょっと」

廊下で経理のお姉様に呼ばれた時、俺は『またか』という気持ちになった。

「何でしょう？」

と言いながら、その理由はわかっている。

「ちょっと訊いて欲しいことがあって……」

やっぱり。

「今日は誰ですか？」

「さすが、深田くん、察しがいいわ。昨日の夕方、木曽さんが向かいのカフェでグリーンのスーツを着た女性と話してたんだけど。誰だかわかる？」

「わかりません。昨日の夕方なら、ちょっと用事があるって出て行きましたけど」

「だから、それが誰だか訊いてきて欲しいの。今なら社長室にいるから」

それを聞いていたのか、そう切り出すのを待っててか、もう一人、総務のお姉様も出て来た。

「ついでに、社長にも訊いてくれないかしら？　一昨日《おととい》訪ねて来た女性は誰なのかって」

「戸部さんだと、覚えてない可能性がありますよ？」

「覚えてない程度ならいいのよ」

俺はため息をついた。

「わかりました。訊くだけ訊いてみます」

「ありがとう！」

我が社は美男美女が多い。

そのイケメンの中でも、戸部さんは社長、木曽さんはエースデザイナーと、付加価値が付いている。イケメンなので、非常にモテる。

半年くらい前、女子社員が集まって何かを話しているところに通りがかった俺は、皆が困った顔をしていたので、どうかしたんですか、と声をかけた。

すると、今のように戸部さんが女性と連れ立ってるところを見かけたので、気になっているという話をされた。

その時、軽い気持ちで自分が訊いてあげましょうか？　と言ってしまったのが失敗だった。

それ以来、気になる女性の影が見える度、こうして俺に尋ねてくるようお願いしに来る。

二人は恋人同士なんですから、女性は関係ありませんよ、とも言えないし。ちょっと会った程度のことをそんなに気にしている恋心もいじらしいから、仕方がない。

俺は階段を使って下の階に下りた。

『ＮＯＴ　ＳＩＸ』はこのビルの三階と四階を占有している。

四階は俺もいるフロアで、すべてブチ抜いてワンフロアになっていて、オフィススペースとフリースペースになっている。

ここを使うのは、クリエーターと営業だ。

下の階は、総務とか経理とか、他の部署が部屋分けされて入っている。それと、来客用応接室と社長室、今時珍しい喫煙室。

社長室は、戸部さんの個室みたいな扱いで、単に籠もるための部屋みたいになっている。

私物も多く置かれ、大きなソファではよく木曽さんがごろ寝している。木曽さんのサボリ部屋でもある。

喫煙室は、部屋というよりベランダへの出入り口だ。

室内に喫煙室を作るのは、コストがかかるので、ベランダを囲って喫煙室にしてある。

これは喫煙者の木曽さんのためじゃないか、と思っていた。

戸部さんは吸わないし、他に吸う人も少ないので。

戸部さんは木曽さんを甘やかし過ぎだ。

まあ、かく言う俺も戸部さんには甘やかされてると思うけど。

何せ、平社員の俺が社長室に簡単に出入りできるのだから。

ノックして、二秒待ってからドアを開ける。

「失礼します」

やっぱり、ソファには木曽さんが転がっていた。

「深田か、どうした？」

戸部さんがデスクから顔を上げた。

「また頼まれたんです。戸部さん、一昨日尋ねてきた女性は誰ですか？」

最初はさりげなく尋ねていたのだが、あんまり続いたので、面倒になり、今では直接訊くことにしていた。

「一昨日？　うーん、『レグ・ジュエリー』の社長かな？　ウェブ広告の相談に来たんだが、一旦持ち帰ると言って帰ったな」

「スズメ共がウザイな」

木曽さんが毒づいたので、視線をそちらに向ける。

「木曽さんのもあるんです。昨日向かいのカフェで会ってたグリーンのスーツの女性は誰ですか？」

「昨日会ったのは『レプリカ・アイ』のグラフィックデザイナーだけだ。服の色なんか覚えてない」

「性別は覚えてるでしょう？　女性でしたか？」

「ああ」

「じゃ、そう答えておきます」

木曽さんは頭を掻きながら、身体を起こした。

「お前も面倒なこと頼まれてるんじゃねぇよ」

「面倒ではありますが、この程度のことなら断る理由がありません」

「お前は気にならないのか？」

「気にする理由がありません」

二人が恋人同士って知ってるんですから。

「チェッ。タバコ吸ってくるわ」

木曽さんは立ち上がって部屋を出て行った。

「全く、またサボッてたんですね」

「まあまあ、怒るな」

「怒ってはいません。呆れてるだけです。それと戸部さん、またフィギュアの箱が増えてませんか？」

「そうかな？」

視線を逸《そ》らしたから、自覚はあるんだな。

「戸部さんは木曽さんを甘やかし過ぎですよ。仕事サボッてたら追い出さないと」

「うーん、まぁいいじゃないか。仕事はまじめにやってるんだし。それに、木曽は可愛いだろう？」

……ノロケ？

「子供みたいで」

ちょっと違うか。

「そうですね。時々子供っぽいところがあるのは認めます」

「一人っ子として育ったせいだろうな。俺は弟妹と育ったから、つい構いたくなるんだ。深田も下がいるんだろう？」

「はい、二人」

「じゃ、お前も兄貴気質だから、木曽が可愛くなるんじゃないか？」

「弟には大き過ぎます」

「それもそうか」

戸部さんは笑った。

でもそうか、一人っ子だから木曽さんはあんなに傍若無人に育ったんだな。

「木曽は深田のことを気に入ってるみたいだから、よろしく頼むな」

「からかって楽しんでるだけですよ」

「可愛いからからかってるんだろう。でもまあ、行き過ぎて困ったことがあったら、何時でも俺のとこへ来い」

「そんなことにならないように注意しときます。あ。俺の弁当狙うのは止めてくれって言っといてください」

「深田、弁当なのか？」

「残り物詰めてくるだけですけど」

「いいなあ、今度俺にも作ってくれよ」

戸部さんに頼まれると断れない。

でも戸部さんにだけ作ってきたら、きっと木曽さんが怒るだろうな。

「社内の女子にそのセリフ言ったら、山ほど届きますよ」

「うーん、それは後々面倒なことになりそうな気が……。深田ならそういうこと気にしないで済むから」

意外。ちゃんとそういうこと、わかってたんだ。

「木曽も、そう考えてお前にねだるんだろう」

そうだろうか？

でも木曽さんが『弁当作って』なんて女子社員に言ったら、大変なことになりそうな気はするな。

「わかりました。考えときます。じゃ、俺は今のこと、お姉様達に報告に行きますんで」

「木曽じゃないが、面倒なことは引き受けなくていいんだぞ？」

同じことを言ってるんだけど、戸部さんの言葉には温かみがある。

「我慢できないほど面倒だと思ったら断ります。では、失礼します」

俺は社長室を出て、総務に向かった。

その途中、喫煙室の前を通ると、ベランダに続くガラスのドア越しに木曽さんの後ろ姿が見えた。

今日はスキニーパンツに、クリスタルでスカルが描かれたシャツ。背中にも肩口にスカルが描かれている。

とても会社員のする格好ではないけど、やっぱりカッコイイ。

たそがれてベランダの手摺りに寄りかかってるだけなのに、モデルのようだ。

仕事もできるし、カッコイイし、くだらないことを言わなければ、彼だってあこがれの先輩なのに。

俺は声を掛けず、ドアの前を通り過ぎ、総務の部屋のドアを叩いた。

「失礼します」

お姉様達をぬか喜びさせるために。

「深田、ちょっと来い」

木曽さんに呼ばれて、俺は席を立った。

「何でしょう？」

「向かいのカフェ行くぞ」

「奥のスペースじゃダメなんですか？」

「話がある」

あ、これは仕事の顔だ。

「わかりました」

戸口に立つ木曽さんの方へ向かおうとすると、後ろの席で立花さんがボソッと呟いた。

「深田クン、可愛がられてるなぁ」

いや、これはそういうことじゃないだろう。

立花さんって、呟く男子なんだよな。

はっきりと言わないで、聞こえるようにボソッと呟く。

取り立てて嫌なことを言うわけじゃないからいいけど。

コーヒーを飲むだけならフリースペースにコーヒーサーバーもあるのだが、あそこは基本会話禁止。

なので向かいにあるカフェは我が社の喫茶室となっている。

近隣の会社も同じような扱いなのか、ランチタイム以外でも、人の姿は多かった。主にスーツ姿の。

木曽さんは、俺の分も勝手にオーダーし、周囲に人がいない窓際の席に座った。

「ほら」

と俺に出されたのは期間限定のレモンカフェラテだった。

「お前、そういうの好きだろう」

「ありがとうございます」

俺が礼を言うと、彼はしてやったりという感じで、にやっと笑った。

「何でコーヒーにレモンなんだって思うけどな、俺は」

彼が頼んだのは普通のコーヒーだ。

「木曽さんって、わりと定番派ですよね」

「間違いや失敗が嫌いだからな」

「とてもそうは見えませんけど」

「冒険は『ここぞ』って時だけでいい」

半分にカットした輪切りのレモンが刺さったレモンカフェラテは、ほのかにレモンの味がして、結構美味しかった。

「今、『フレディス』のスマートフォンサイトの仕事が来てるだろう」

「はい」

『フレディス』は、占いサイトで、仕事としては小さな仕事だ。なのに木曽さんが引き受けたので珍しいと思っていた。

「あれ、やってみろ」

「え？」

丸投げ？

「もう深田も二年目だ。いつまでも俺のアシスタントだけじゃなく、自分の仕事も持ちたいだろう」

丸投げじゃない。俺に仕事を任せてくれるって話だ。

修正とかクリーンアップは任されたことはあっても、仕事をまるまる一つ任されるのは初めてだった。

「本当ですか？」

「嘘言ってどうする。出来が悪かったら、俺がやり直すから、全部自分一人でやってみろ」

「はい！」

「わからないことがあったら聞きにきてもいいが、俺の真似をしようとはするなよ。お前の感性でやれ」

「はい」

「そんなに嬉しいか？」

「はい、とても」

「そうか……。そんならもっと早くやらせてやればよかったな」

ちょっと後悔するような口調に、優しさを感じる。

俺のことを『愛してる』は冗談でも、後輩としては本当に可愛がってくれてるのも。

それなら……。

「嬉しいんで、今度お弁当作ってきてあげます」

これくらいのお礼はしてもいいだろう。

「俺の？」

「はい。丁度戸部さんにも頼まれてましたし」

「何だ、戸部のオマケか」

ムスッとした顔は、確かに子供っぽくて可愛いです、戸部さん。

「嫌なら戸部さんのだけ作ります」

「いいよ、ついでても」

「ついでじゃないです。だから、好物があれば、リクエスト聞きますよ?」

「好物か……」

何故か彼は考えるように視線を窓の外に移した。

好物なんて、すぐに出てくるものなのに。それとも、俺に作れそうなものを考えてるのだろうか?

「好物はないな」

「ないんですか?」

「ずっと、食えりゃいいと思ってたし、みんなが美味いっていうものを食えばいいと思ってたから」

乱れた食生活だな。

「あ、でもこの間のお前の弁当に入ってた厚揚げの煮たのは美味かった」

「あんなの、簡単なものじゃないですか」

「家庭料理って感じだった」

「木曽さんのお母さんは、お料理しなかったんですか？」

彼はフッと笑った。

「しないな。シチューやローストビーフが得意料理だったらしいが」

……ブルジョワめ。

「だが食ったことはない」

「どうしてです？」

「一緒に暮らしてなかったから」

「ご病気か何かですか？」

「そんなとこだ」

そうか。そういう事情なら、家庭料理にあこがれるっていうのはわからないでもないな。

「じゃ、豪華なお弁当を……」

「豪華じゃない方がいい。いつものでいいよ。豪華なのは、金を出せば食えるから」

「あ、そうか。わかりました。じゃ、庶民的なの、作ります」

俺が言うと、彼は思い出したように付け足した。

「ああ。あれ入れてくれ、タコのウインナー。食ったことないから」

不本意だけど、可愛い。

「わかりました」

いつもこうだといいのにな。


それから数日、木曽さんは角井デパートの案件を、俺は『フレディス』のを、それぞれ取り組んだ。

アイコンの配置や、分類、マークデザインなんかもあって、小さな仕事とはいえ俺の方は苦戦したが、彼の方は幾つものパターンを出して、戸部さんと相談していた。

「深田、単独の仕事任されたんだって？」

声をかけてきたのは立花さんだ。

「はい。小さいのですけど」

「そうか。そろそろ石塚にもやらせてみるかな」

それを聞き付けて、石塚も会話に加わる。

「本当ですか？」

「使えるデザイナーが増えた方がいいだろう。仕事も増えてきてるし」

「やった！」

「まだ具体的には決まってないけどな」

「……はい」

石塚はガッカリしたが、期待は残る顔をしていた。

「全部一人でやってるのか？」

「はい。でも、仕上げのチェックは木曽さんがします。それでダメだったら、木曽さんのデザインで行くそうです」

「その方法なら、失敗はないな。石塚、今俺が担当してるヤツでやってみたいヤツがあるかどうか見とけ。あんまり大きいのはダメだぞ」

「はい」

石塚は早速自分のデスクに向かって、チェックを始めた。

「その木曽は、いないみたいだな」

立花さんが空席になってる木曽さんのデスクを見る。

「多分、社長室だと思います。プロトができると見せに行きますから」

あの部屋でサボッているのは、俺しか知らないはずなので、適当にごまかす。

「社長と木曽って、仲いいと思わないか？」

「大学の友人だからじゃないでしょうか？」

「先輩後輩？」

「いいえ、同学年です」

「え？　そうなの？　てっきり戸部社長のが上だと思ってた」

「戸部さんも、まだ二十代ですよ」

俺の答えに、立花さんは『おや』っという顔をした。

「そういえば、深田も社長や木曽と仲いいよな」

今日は呟きじゃなくて、直接の質問だ。

「はい。俺も同じ大学の後輩ですから」

「聞いてはいたけどホントなんだ。三人とも、性格が全く違うのに、よくつるんでるなと思ってたんだよ」

説明するほどのことじゃないから、みんな知らないんだな。

「アブナイ三角関係かと思っちゃった」

「アブナイ三角関係？」

「ゲイってこと」

鋭い指摘に顔が引きつる。

「そんなまさか」

「だって、深田は社長のこと名前呼びするし、人付き合いも態度も悪い木曽がお前だけは可愛がるし、社長と木曽はいっつもベタベタしてるし。今時はゲイカップルも多いだろ？　だから、そうなのかなって」

「立花さん、それベクトルがめちゃくちゃですよ。誰が誰を好きでも一人余るはずでしょ」

石塚が否定に回ってくれる。

いいぞ、否定してくれ。

「うん、だから三角関係」

「それならもっと険悪なんじゃないですか？」

石塚の言葉に、立花さんは納得してくれたようだった。

「だよな」

これはジョークだ。

笑い話の一環だ。

笑って過ごさなきゃ。

「三角関係なら、俺、戸部さんのがいいなあ。昔っから頼り甲斐のある先輩でしたから」

立花さんの中に疑いの芽があるなら摘み取っておかなくちゃ。

「立花さんは石塚一筋ですか？」

「よせよ。俺は可愛い女の子がいいよ」

「俺もですよ」

そこで三人同時に笑った。

「そうか。大学の友達か。考えもつかなかったわ」

よし、これでこの話題は消えたな。

「立花さん、これどうですか？　アパレルのバーゲンのやつ」

「どれどれ」

石塚に呼ばれて、立花さんは椅子を寄せて石塚のモニターを覗き込んだ。

「これは納期が早いからなあ。急ぎでするよりじっくりできる方がいいだろう」

丁度いい。

二人の意識がこちらから離れた隙に、俺は紙袋を持ってそっと立ち上がった。

仕事にメドがついてきたので、今日約束の弁当を作ってきたのだ。

今の立花さんの話を聞いてしまったら、こういうことをあんまり大っぴらにしない方がいいだろう。

まだランチタイムには早いけれど、先に届けに行ってしまおう。

誰からも声をかけられることなく、オフィスを出て階段を下りる。

他の部署のドアの前を通って、社長室のドアをノックして、ドアを開ける。

が、そこには誰もいなかった。

木曽さんも戸部さんもいない。

戸部さんのスケジュールは知らないが、木曽さんのスケジュールは把握している。今日は外出の予定はなかったはずだ。

「ってことはあっちか」

俺は社長室を出て、喫煙室へ向かった。

戸部さんはタバコを吸わないが、木曽さんに付き合って行く時があるからだ。

喫煙室のガラスのドアから覗くと、やっぱり二人の姿はそこにあった。

重たいガラスのドアを押す。

「やっぱり俺より義人の方がいいんだろうな」

「下の名前で呼ぶな。立花のヤツが俺達のことに興味を持ち始めてる」

「俺はバレても気にしないぞ？」

「俺は嫌だ」

……どうして俺ってば、こんなタイミングにばっかり遭遇するんだろう。

しかもそっと逃げようとした時、木曽さんに見つかってしまった。

「誰だ！」

俺は勢いよくドアを開け、笑顔で声をかけた。

「あ、やっぱりここだったんですね。社長室にいないから絶対ここだと思ってました」

「何の用だ」

木曽さん、不機嫌だな。

俺は紙袋を掲げてみせた。

「約束のお弁当です。お届けに上がりました」

「え、やったな。ほら、行くぞ、木曽」

さっきは義人と呼んだのに、もう木曽に戻ってる。

もしかして以前から人がいないところでは、戸部さんも木曽さんのことを下の名前で呼んでいたのかも。

戸部さんに肩を叩かれ、木曽さんは吸っていたタバコを灰皿に投げ入れた。

「そういえば、今、立花さんにひどいこと言われたんですよ」

社長室に戻りながら、俺は口を開いた。

「何だ、いじめられたのか？」

「いえ、俺と戸部さんと木曽さんが仲がいいんで、アブナイ三角関係じゃないかって」

「何だそりゃ」

「ですよね」

木曽さんの顔がピクッと動いたので、俺は慌てて続けた。

「だから、俺達三人とも同じ大学なんだって話したら納得してました。立花さん、そのこと知らなかったみたいで。しかも戸部さんは木曽さんより年上だと思ってたみたいでした」

「ひどいなぁ、二カ月しか違わないのに」

そう言ってから、何故か戸部さんは笑みを消した。

三人で一緒に社長室に入り、戸部さんと木曽さんがソファに並んで座る。

紙袋をテーブルの上に置き、俺は弁当箱を取り出した。

「二人のために、わざわざ弁当箱買ったんですよ。まあ、安いヤツですけど」

最初は使い捨てのプラスチックのヤツでいいかな、とも思ったのだけれど、丁度スーパーのワゴンセールの中に、弁当箱を見つけたので、買ってしまった。

何の変哲もない、紺色の密封型のプラケース。

「お箸は、割り箸でいいですよね」

「これ、俺の弁当箱か？」

木曽さんは弁当箱を手に取って、眺め回した。

子供みたいな目だ。

戸部さんは隣でそれを見て、俺の方に『可愛いだろ？』という顔をした。

はい、同意します。

「開けていいか？」

「どうぞ。約束のモノも入ってますよ。じゃ、俺はこれで」

「あ、深田」

出て行こうとした俺を、戸部さんが呼び止めた。

「お前、今日の夜予定あるか？」

「いえ、別に」

「じゃ、弁当のお礼に飲みに連れてってやろう」

「いいんですか？」

「ああ。仕事が終わったら、ここへ来い」

「はい」

やった。

戸部さんと飲み会だ。

「見ろよ、戸部。タコのウインナー入ってるぜ」

「お、凄いな、目まで付いてるじゃないか」

そんなことで喜ぶ戸部さんも可愛いな。

俺より大きな男の人が、タコのウインナーで喜ぶ姿は、社の女子が見たらキャーキャー言うだろうな。

「じゃ、失礼します」

はしゃぐ二人を置いて、部屋を出る。

あんなに喜ぶなら、また作ってあげてもいいかな。

にしても、最近木曽さんが可愛くて困る。

さんざんからかわれていた学生時代が嘘のようだ。

「そうだよなぁ。学生時代は嫌われてるとさえ思ってたもんな」

特に最初の一年は酷かった。

実際に嫌いと言われたこともあったっけ。

あれは、入部して二カ月くらいの時だった。

俺が部室で、戸部さんにもらった雑誌を説明を受けながら見てる時だった。

部室にやってきた木曽さんは、暫《しばら》く黙っていたが、突然言ったのだ。

「俺、そうやって他人に頼ってるヤツ嫌い」

あの時は、すぐに戸部さんが怒ってくれたけど。

本当に、どうして嫌いから愛してるになったんだか……。

理由が全くわからない以上、あの言葉は真剣には受け取れなかった。


「ここは食べ物が美味しくてな」

戸部さんが連れてってくれたのは、偶然にも俺のアパートに近い居酒屋だった。

「前に仕事先の人に教えてもらってから、ちょくちょく使ってるんだ」

椅子席の個室。

高級そうではないけれど、明るくて雰囲気のいい店だった。

ただ、正面に座る戸部さんの隣に木曽さんもいるのが、想定外だったけど。

戸部さんが誘ってくれた時、『二人で』とは言わなかったので、てっきり二人っきりだと思ったんだけど、考えてみれば弁当は二人に渡したんだから、二人がそろってお礼、というのは考えられることだった。

「深田、ビールはイケるだろう？」

「はい。俺、強いです」

「そうなのか？」

「ここだけの話ですが、高校卒業の時にみんなで酒盛りしました。そういう土地で育ったもんで」

「石川《いしかわ》だっけ？　出身」

「はい。あ、でも石川県民みんながそうだってわけじゃありませんよ」

まあいいや。

戸部さんが一緒なことに変わりはないし、最近は木曽さんも可愛いから。

「何が美味いんだ？」

「俺はユズ胡椒《こしょう》の唐揚げと、月見つくねが好きだな」

「じゃ、それにするわ」

他人が美味いと言ったものを食べる、と言った木曽さんの言葉を思い出す。

本当なんだな。

「深田は何にする？」

戸部さんは、俺に注文用のタブレットを渡してくれた。

「その前に取り敢えずビールだろ」

「あ、じゃあ、今のとビールだけ頼んじゃいましょうか。ビールは生のジョッキ大でいいですか？」

「ああ。深田は？」

「俺、じゃがいももちとその唐揚げにします。後は注文してからゆっくり考えます」

タブレットをタッチして、オーダーする。

ビールが届くと、早速戸部さんが「カンパーイ」とグラスを掲げた。

カチン、カチンとジョッキを当てる。

「カンパイする理由なんかないだろ」

と木曽さんがボヤく。

「いいじゃないか、雰囲気だよ雰囲気。何だったら、深田の弁当にカンパイでもいいぞ」

「よしてくださいよ」

「いや、美味かった。なあ、木曽？」

「ああ。好きなだけ食わせてやりたいくらい美味かった」

「そうだ、そうだ。遠慮なく食え」

「それほどでもないんですから、もうやめてくださいって。でも料理はありがたくいただかせてもらいます」

俺がタブレットをいじってメニューを見ていると、二人が話を始めた。

「公認会計士の川島《かわしま》さんが、もう少し経費使ってもいいって言うから、今度社員旅行でもしようと思ってるんだが」

「いいんじゃないか？　俺は不参加だけど」

「何でだよ。一緒に行こうぜ」

「やだね、面倒だ」

「俺が頼んでも？」

「面倒だって言ってるだろ」

相変わらず仲がいいな。

「深田は参加するだろ？」

「はい。温泉とかいいですよね」

「深田と同室で二人きりにしてくれるなら考えるぞ」

「俺、木曽さんと二人部屋だったら辞退します」

「なんでだよ。戸部と二人部屋だったら行くんだろ」

「はい」

「可愛くねえな」

テーブルの下で軽く足を蹴られた。

「それだったら、戸部さんと木曽さんで同室になったらいいじゃないですか」

恋人同士なんですから。

「やだね。こいつと同室だと絶対他の奴らがやって来るに決まってる」

「ああ、確かにそうですね」

「じゃ、二人で旅行行くか？」

「そのうちな」

「あ、カチョカバロ食べてもいいですか？」

「カチョカバロ？」

「焼きチーズです。食べてみたかったんです」

「ああ、いいぞ、何でも食べろ」

「肉ないのか？」

「唐揚げ来るじゃないですか」

「もっと肉々しいものがいいんだよ」

学生時代に戻ったみたいに、他愛のない話ばかりした。

二人が仲良く話をしてるのを見ているのは、好きだな。

戸部さんも、最近では木曽さんも好きだ。

世の中には、色々な人がいる。

俺もそんなに人生長く生きたわけじゃないけれど、いい人もいれば悪い人もいる。決定的に悪い人ではなくても、小賢しいっていうか、小悪党っていうか、ムカつく人間も多い。

保身のために嘘をついたり、他人を貶めようと画策したり。

二人は、そういう人間ではなかった。

戸部さんは、本当に太陽みたいな人で、いつも明るくて、優しくて、公明正大な人だ。

木曽さんは、それほど褒められる人ではないけれど、好き嫌いがはっきりしている。

小細工は嫌いで、俺以外には嘘をつかないし、仕事にはまじめだ。

二人が、恋愛のことに対して隠そうとするのはわかる。

世間がLGBTに優しくなったと言っても、差別する人は多い。特に年配の人は嫌悪する人もいるだろう。

もしかしたら、木曽さんがおじさん達を嫌いなのはそのせいなのかな？

でも、俺は『ゲイでも気にしない』って普段から言ってるんだから、少しくらい話してくれればいいのにな。

秘密を持たれると、距離を感じる。

まあ、俺は後輩だから距離があっても仕方がないのかもしれないけど。

二人が好きだから、もっと近づきたいと思っていた。

「最初こいつのこと嫌いでさ」

木曽さんが俺のことを指さした。

また俺の悪口か？

「何でも人に頼ろうとする、俺の嫌いなタイプだと思って」

「深田はそんな人間じゃないだろう？」

「まあな。今は自立心があると思ってる」

そうでもないみたい。

「しっかりしてるよ、考え方も」

褒められた。

「俺は最初から気づいてだぞ。深田は知識が足りないこともあるが、それを教えてやれば自分で動き出す子だ」

「何だよ、自慢かよ」

「そう。深田も俺の弟みたいなものだ。俺の弟はみんな可愛い」

「ばかじゃねぇの」

「いいじゃないか、俺は弟も妹もみんな好きだ」

たしか戸部さんは下がいっぱいいるって言ってたっけ。

弟の一人に加えてもらえるのは嬉しいな。

「はい、はい。お前は聖人みたいな男だよ。俺はそうはなれない」

「みんな同じである必要はないさ。なあ、深田？」

「そうですね。俺も戸部さんにはなれないと思います」

「何だ、深田まで」

「だって、俺には戸部さんほどの包容力も体力もないですもん。でも俺のが小回りは利くと思います」

「小回りか」

戸部さんは笑った。

「じゃ、木曽はどう見える？」

「カッコイイですけど、性格悪いと思います。でも、仕事では尊敬の一言です」

「的確だな」

戸部さんはまた笑い、木曽さんは口を尖らせた。

お腹がいっぱいになって、もうそろそろお開きかな、と思ったのだが、戸部さんが上機嫌で、もう一軒行くと言い張った。

もう十分飲んだからいいだろうという木曽さんと、明日があるからという俺の首をガッシリ掴んで、二軒目に引きずっていった。

そこも戸部さんの行き付けの店だそうだが、さっきの居酒屋とは全く雰囲気の違う店、シャレたバーだった。

薄暗い店内。

小さな丸テーブルを囲んで、俺は足がつかないスツールに腰掛け、酒だけを飲む。

薄暗い照明が二人の顔に影を落として、いつもと違う雰囲気になる。

俺も、さっきより口数が少なくなってしまって、二人の会話に相槌をうつばかりだった。

「時々、社長と呼ばれると、肩が重くなる時があるんだよな」

珍しい戸部さんの愚痴《ぐち》。

「俺は本当に、こんなにたくさんの社員を背負っていけるのか、って」

「実際背負ってるじゃねぇか」

「だが明日はわからない」

「俺がいるから、明日大丈夫だ」

「そうだな。義人はずっと側にいてくれるよな」

その一言で、戸部さんがかなり酔ってるんだとわかった。

木曽さんはその失態に気づいたらしく、俺を見る。

「いいなあ、俺も下の名前で呼んでくださいよ。大和《やまと》って」

「おお、いいぞ。大和」

「俺より先に戸部に呼ばせるな。俺も呼ぶぞ、大和」

……木曽さんも酔ってる？

「だから、今日は、お前達と飲んで、学生時代みたいで楽しかった。ああ、俺も社長業じゃなくて、ウェブデザイナーやりたい」

「やりゃいいじゃねぇか」

「そしたら社長がいなくなる」

「経営専門のサポート付ければいいだろ。進也は何でもできるから、自分一人で何とかしようとするのが悪い」

ついに木曽さんまで下の名前呼びだ。

顔色もそんなに変わってないし、ろれつも回ってるけど、もう絶対二人は酩酊《めいてい》状態と見た方がよさそうだ。

こんなところで、身体の大きい二人に酔い潰れられたら、俺には対処できないぞ。

「あの……。俺のアパートこの近くなんで、二人とも家飲みにしませんか？」

「大和のアパート、行く」

先に答えたのは木曽さんだった。

「義人が行くなら俺も行く」

「俺だけでいいだろ」

「いや、俺も行く」

「仕方ねえな……」

「じゃ、支払いしちゃいましょうね」

「よし、社長が払ってやるぞ」

もうダメダメだな。

なのに、戸部さんは支払いもしっかりして、領収書ももらった。

コンビニに寄って、ビールとツマミといくらかの食材を買った時も、木曽さんが払ってくれた。

二人とも大声を出すこともなく、千鳥足でもない。

絶対他の人が見たら、ちょっと上機嫌になってるとしか思わないだろう。いや、酔ってるとさえ思わないかも。

二人とも凄い。

でも……。

そのしっかりとした姿は、俺のアパートに到着するまでだった。

四畳半六畳の俺のアパートに、一九〇近い大男が二人。

俺の部屋ってこんなに狭かったんだ。

二人はアパートに到着して、コーヒーを一杯飲むと、緊張の糸が切れてしまったのか、まず戸部さんが横になって寝てしまった。

二人がかりで奥の六畳にあるベッドへ運んだ。

「先に寝たもん勝ちだな」

という木曽さんの言葉には賛成する。

予備の布団はないので、次に寝る人は、床にごろ寝で夏掛け一枚だ。

「もう少ししたら、進也起こしてタクシーで帰るわ」

木曽さんにしては殊勝なことを。

「もういいですよ。戸部さんじゃないですけど、学生時代に戻ったみたいで楽しいです」

「深田は強いな」

「は？」

「どんな状況でも、前向きに考えてる。最初見た時には、進也にべったりで、頼ってるだけのガキだと思ってたのに」

「だから嫌いだったんですか？」

まだ戸部さんを『進也』呼びしてるから、酔ってるな。

「ああ。嫌いだった。俺は他人に頼って何とかしようとする奴が嫌いなんだ」

「俺は男です」

「男でも」

タバコ吸っていいか、の一言もなく木曽さんがタバコを咥《くわ》えて火を点ける。

「木曽さん、ここ禁煙ですよ」

「いいじゃねえか。俺にも優しくしろよ」

「もう……」

酔っ払いには何を言ってもムダか。

俺は換気扇を回して、ゴミ箱に捨てていた缶コーヒーの空き缶を取り出し、ゆすいで彼の前に置いた。

「セコイ灰皿だな」

「うちには灰皿なんてないですから」

「今度金出してやるから、買ってこい」

「嫌ですよ」

「大和は優しくないな」

と言った後、彼は俺の首に手を回して引き寄せた。タバコの匂いが強くなる。

「木曽さん、苦しい」

「大和か、いい名前だよな」

「ありがとうございます。離してください」

「まだ俺に惚れないのか？　こんなに愛してるのに」

「俺は嘘つきはキライです」

「俺のどこが嘘つきだ」

「俺のこと『愛してる』とか言うからです」

「俺は本気だぞ？」

「じゃ、タバコ消してください」

意外にも、彼はすぐに吸いかけのタバコを空き缶の中に落とした。

ジャッ、と火の消える音がする。

「消したぞ」

「それでも、嘘つきは嫌いなんです」

「俺は本気だって言ってるだろ。信用しろよ」

「元々嫌いだったんでしょ」

「だから、今は好きなんだって」

酔っ払いめ。

「俺なんかより、戸部さんの方が好きなんじゃないですか？」

「進也？」

「そうやって名前で呼ぶくらい好きなんでしょ？」

言い過ぎたかな？

木曽さんは俺の首から手を離し、考え込んだ。

今ので酔いが醒めちゃったんだろうか？

「別に、俺は二人が恋人同士だったとしても、気にしませんよ」

知ってます、とは言えないので、さりげなくそう言ってみた。

「俺と進也が恋人……」

木曽さんが難しい顔をした。

言い過ぎた？

「あ、でもそんな噂が出ても俺が否定しておきます」

「どうして？」

「どうしてって、やっぱりマズイでしょう」

「ゲイだと取られるのは、嫌か？」

「嫌っていうか、それで態度を変える人もいるでしょうから。わざわざ公表はしなくていいと思います」

二人の関係は否定しません。それだけは言っておかないと。

「じゃ、大和とのことは秘密にしよう」

「だから、俺じゃなくて、戸部さんでしょう」

「進也は恋人じゃない。ああ、そうか。お前が俺に惚れないのは、俺と進也がデキてると思ってるからか」

「いや、そういうわけでは……」

「じゃあ、お前だけには本当のことを教えてやろう。俺と進也はな、兄弟なんだ」

……だからまたそんな嘘を。

二人とも苗字が違うし、戸部さんは年上に見えても浪人も留年もしてない。木曽さんと同じ年じゃないですか。

さっき、二カ月しか違わないって、戸部さん本人が口にして、木曽さんも否定しなかったでしょう。

「だから安心して俺に惚れろ」

木曽さんはもう一度俺を抱き寄せて、キスをした。

「ん」

タバコの匂い。

他人の唇。

突然過ぎて抵抗もできないまま、キスされてしまった。

俺は思わず木曽さんを突き飛ばした。

「何するんですか！」

「キス」

「キ……、俺が……、俺の……」

怒りと驚きで言葉が出ない。

ファーストキスだぞ。

いくら酔っ払いでも、していいことといけないことがあるだろう！

しかも隣の部屋では本当の恋人が寝てるのに。

「これ以上はしないさ。強姦は最低だからな」

「ご……、当たり前です！」

彼は、笑っていた。

「お前の怒る顔、好きだよ。お前はいつも正しいことで怒ってる」

俺は怒っているのに、彼はごろりと横になった。

「俺が間違ったことをしたら、怒ってくれそうだ」

「当たり前です。怒りますよ」

たった今、怒られるようなことをしたのに、彼は俺を見てまじめな顔で言った。

「愛してる」

ズルイ、と思うほどカッコイイ顔で。

でも、それとこれとは別だ。

Coco

「俺はキスしていいなんて言ってないですからね。そもそもしていいか、とも言われなかった。なのにこういうことをするのは……！」

説教をしようとしたのだが、木曽さんは寝ていた。

一瞬だ。

目を閉じたかと思うと、そのまま寝息を立てていた。

「もう！」

俺は木曽さんを揺り起こした。

「寝るなら奥行ってください」

だが起きる気配はなかった。

仕方なく、布団を持ってきて掛けてやる。

「酔っ払い」

俺は自分のコーヒーを淹れ、部屋の隅で壁に寄りかかった。

今日は、二人ともおかしかった。

戸部さんが愚痴るなんて初めて聞いたし、木曽さんが俺にキスするなんて。

二人が兄弟っていうのは、学生時代にも考えた。

まず、実の兄弟は年齢からいってあり得ない。両親が再婚して義理の兄弟になったとしたら苗字が一緒のはずだ。再婚して離婚したとしたら苗字は変わるかもしれないけれど、そうしたら他人になるだろう。

第一、戸部さんには弟妹がいる。その話題の時にご両親の話も出たが、再婚とか離婚とかは聞いたことがない。

それに、万が一俺が想像できない理由で兄弟だとしても、たとえばどちらかが養子に出されたとか、それでも『今』それを秘密にする理由はない。

俺達、兄弟なんだって一言言えばいいじゃないか。

なので、やっぱり木曽さんの言葉は嘘としか思えない。

だから、俺を『愛してる』というのも嘘としか思えない。

キスされて、あんな顔で『愛してる』と言われたら、ちょっと心は動くかなってぐらついたけど、やっぱりあり得ない。

せめて、本当のことを話してくれれば、もう少し信用してあげるのに。

本気で、『愛してる』と言われたら……。

いやいや、考える必要はない。

木曽さんの恋人は戸部さんなんだから。

『進也』『義人』と呼び合う仲なんだから。

俺が入り込む余地なんて、ないんだから……。


「申し訳ございませんでした」

朝、木曽さんに起こされて目を開けた途端、二人は俺の前に土下座した。

「家主を追い出してベッドと布団を横取りするなんて」

特にベッドを使った戸部さんは、平身低頭だ。

「お二人とも、昨日のこと覚えてますか？」

壁に寄りかかったまま寝たせいで硬くなった身体をほぐしながら聞いてみる。

「……俺は二軒目の途中からあまり。木曽は？」

「コンビニ、寄ったよな？」

なるほど、その程度か。

「何かしたのか？」

戸部さんは何もしませんでしたよ、戸部さんは。

でも木曽さんがしたことは、忘れてるなら忘れてもらった方がいい。

「いいえ、到着してすぐに二人ともぐっすりでした。取り敢えず朝食作りますから、順番に顔洗ってきてください。風呂を使いたいならタオルは出しますが、着替えはありませんよ。俺のじゃ入らないでしょう」

「いや、顔だけで」

「じゃ、はい、タオルと歯ブラシ」

俺は新しいタオルと、出張なんかでホテルから持ち帰った歯ブラシセットを二人に渡した。

「深田は酔ってないのか？」

「俺、酒強いんで。お二人は弱いなら、あまり飲み過ぎない方がいいですよ」

「いや、俺達は普通だし……」

「まあいいさ。戸部、先に顔洗ってこいよ」

もう二人は名前呼びをしなかった。

こういうとこが、秘密を持ってるって感じなんだよな。兄弟なら、どうしてそれを秘密にしなきゃならないんだよ。

「深田を酔わせてどうこうしようって計画は無理だな」

キッチンに立つ俺の背後から、木曽さんが手元を覗き込む。

「そんなことしたら、酔わせて返り討ちです」

「されそうだ。何作ってるんだ？」

「お茶漬けです。こうなるんじゃないかと思って、昨日コンビニで材料買ってきたんで」

「……すみません」

しおらしい木曽さんは可愛いな。

「料理してる後ろ姿って、抱き締めたくなる」

「ダメですよ、包丁使ってるんですから」

「じゃ、これだけにしとくか」

耳元で囁く声。

「愛してるぞ、大和」

クッ、いい声。

「くだらないこと言わない！」

「木曽、洗面所空いたぞ」

戸部さんが洗顔を終えて出てきたので、木曽さんは離れてくれた。

「お茶漬けだってよ」

「へえ、いいな」

全く。

「お茶漬けなのに、料理してるのか？」

今度は戸部さんが背後から手元を覗き込んでくる。

二人が似てるというより、男の行動ってこんなんなのかも。

「ご飯炊くのは面倒なんで、パックご飯です。重たくならないように、それに豆腐を入れて、明太子を載せるだけですよ」

「茶漬けに豆腐？」

「細かくサイの目に切ったのを入れると、あっさり食べられるんです。それと、作り置きのおかずがあるんで」

「何？」

「ナスとピーマンのみそ炒めと、肉じゃがです」

「美味そうだな」

「暇だったら、冷蔵庫に入ってるんで、容器のままレンジにかけてください」

「よし来た」

木曽さんも顔を洗ってきたので、どんぶりとお茶漬けの素をテーブルに運ばせる。

うちの小さなテーブルの前に二人が座ると……、狭いな。

「いただきます」

簡単なお茶漬けだし、作り置きのおかずは保存容器のままなのに、二人は喜んでかき込んでくれた。

「朝から温かいものが食えるのはありがたいな」

「木曽さん、一人暮らしなんですよね？　お料理しないんですか？」

「しない。毎朝ここに通いたい」

「ダメです。それより早く食べないと、お二人とも遅刻しますよ。一回家に戻って着替えるんでしょう？」

「俺は遅刻しても残るぞ」

また木曽さんってば。

「『フレディス』の基礎案、できてるんだろ？　見てやるわ」

「え、ホントですか？」

「ああ。戸部、俺と深田は在宅勤務ってことで」

「いいだろう。社長として今日は二人に在宅勤務を命じる。ま、お詫びだ」

「いいんですか？」

「社長が言うんだからいいさ」

昨日苦労した甲斐があったって思っていいのかな。

「木曽は午後に出て来いよ？」

「俺は別件があるから出社しない」

「仕事か？」

「知り合いに経営コンサルやってるヤツがいるんで、うちのことを相談してみる」

「うちのこと？」

「戸部のデザイナーとしての腕を眠らせとくのはもったいない。経営コンサル入れて、お前もデザイナーとして働かせた方が会社のためだ」

戸部さんは、二軒目の途中から記憶を無くしてるから、木曽さんの突然の提案に驚いた顔をした。

でも木曽さんはコンビニまでの記憶があるから、戸部さんの愚痴を覚えてるんだ。

「俺も、戸部さんのデザイン見たいです」

「そりゃ、俺もデザインしたいとは思ってるが……」

「すぐにどうこうできるかはわからないが、そろそろ経営コンサルは頼んだ方がいいだろう。相談だけでもしてみろ」

「……おう。それじゃ任せた」

思い合ってるなぁ。

やっぱり二人は時別な関係なんだろう。

食事が終わると、戸部さんはすぐに帰っていった。

木曽さんは残り、片付けが終わると早速パソコンを開けと俺に命じた。

「実際、動かすところまでいったのか？」

「まだです。各画面のレイアウトまでで」

「どんなに綺麗に作れても、動作が重かったら敬遠されるぞ」

「はい」

仕事をしている時の木曽さんは好きだ。

まじめだし、的確だし。

「トップ画面、詰め込み過ぎだ。重い」

「でもコンテンツの説明は必要かと思って」

「『占い』って書けば説明はいらないだろう」

「でも参加してる占い師を選択するために、全員同じ画面に載せないと不公平になるんじゃないですか？」

「カテゴライズしろ。占いの方法でカテゴライズして、そこからまたチョイスできればいいだろ」

「はい」

「それと、トップを重たくするなら、待機時間に別データでアニメを入れるのもありだな」

「アニメですか？」

「占いなら、星がこぼれてくる程度のものでいい。とにかく、動いてるとこを見せないと、スマホを使う人間は我慢がきかないからな」

「はい」

何を言われても、参考になる。

一段落したので、感謝の意を込めて、俺は昨日の空き缶を出してやった。

「どうぞ、二本までなら吸ってもいいですよ」

「使ってあるな。昨日吸ったのか？」

「あなたが。吸っていいかとも言わないでいきなり火を点けたんですよ」

「言われてみればそんな気が……」

おっと、マズイ。

ゆうべのことはあんまり思い出して欲しくない。

「それより、戸部さんのこと、覚えてたんですね」

「うん？」

「デザインやりたいって言ってたこと」

何だかんだ言いながら、木曽さんはタバコを咥えた。

「ああ、あれか。もっと早く言えばいいのにな」

「戸部さん、責任感が強いから。コーヒー飲みます？」

「ああ、頼む」

立ち上がり、インスタントだけどコーヒーを出してやる。

自分のには牛乳を入れた。

「はい、どうぞ」

テーブルの上にカップを置いたが、彼はタバコを優先した。

「それにしても、昨日は酒が多かった。そうだ、あいつから何か聞いたか？」

「木曽さんが知らないことを俺が知ってると思いますか？」

「俺とは立場が違う」

「それはそうですけど。所詮は後輩どまりですよ」

「弟みたいって言われてたじゃないか」

覚えてるんだ。

「大和、って呼んでいいんだろ？」

彼はにやっと笑った。

変なこと覚えてるな。

「あれは酔っ払いに合わせただけです。普通に『深田』って呼んでください」

「お前は酔ってなかったんだろ？　これから大和って呼ぶかな」

「ダメですよ。それでなくても立花さんが俺達のこと変に親しいと思ってるんですから。学閥で固まってるとか言い出したら大変でしょう」

「立花か……。腕はいいんだが性格がイマイチだな」

「でも石塚の面倒はよく見てくれてますよ」

「かばうな」

「そういうわけじゃありませんよ。人の悪いところは悪いところ、いいところはいいところと分けて見てるだけです。実際、つぶやき男子なところは苦手ですし」

「つぶやき男子？」

「はっきりものを言わないで、相手に聞こえる程度にボソッと呟くでしょう？　言いたいことがあるならはっきり言えばいいのに。悪意はないみたいだから聞き流してますけど」

「つぶやき男子か、面白いこと言うな」

ツボッたのか、彼はゲラゲラと笑った。

「今度立花に何か言われたら、俺の恋人はお前だって言えよ」

「嫌ですよ。事実じゃないんですから」

「俺はカッコイイだろう？」

「……何です、突然」

「カッコよくないか？」

「イケメンだと思います」

左手をついて、片膝を立て、もう一方の足を伸ばして座りながら、咥えタバコでこちらを見る姿なんか、ファッション雑誌みたいです。

バックは俺の貧乏臭い部屋ですけど。

「クリエイターとしての才能もある」

「ありますね」

「なのにどうして恋人にならない？」

……何を言い出したのかと思ったら、そこか。

「まず俺は男です」

「ゲイには寛容なんだろ？」

「俺はルックスと才能で人を好きになるわけじゃありません」

「じゃ何でホレるんだ？」

「人柄です」

「だが戸部に恋はしてないんだろう？」

「してませんよ。戸部さんはあこがれの先輩です」

「じゃ、俺は？」

「一緒です。ちょっとクセはありますけど、あこがれの先輩だと思ってます」

「そいつはつまらん」

彼が身体を起こして、身体を支えていた手を俺に伸ばした。

またキスされる？

ドキッとして反射的に身体を引く。

「何だ？」

「何って、突然手を出すから……」

「毛、食ってるから取ってやろうとしただけだろ。ひょっとして、意識したのか？」

「違います！」

覚えてないから仕方ないですけど。昨日あなたは不埒なことをしたんですよ。だから警戒してるだけです。

「今までだったら顔に触っても平気だっただろう。意識してくれんなら、少しは進んだって思っとくか」

「勝手に思わないでください」

顔に手をやって擦ると、確かに短い毛が指に残った。

今の行動には、下心はなかったみたいだ。

「気分がよくなったから、メシでも食いに行くか。俺はそのまま出るわ」

顔を背けたままの俺の頭に、ポンと彼の手が乗る。

「お前が嫌がってる間は何もしないよ。ＯＫが出たら容赦しないがな」

「出さないですから、ご勝手に」

変な意識をしなければ、こうして軽口を叩けるのも好きなんだけどな。

「修正案、明日までに出せよ」

「はい」

基本的には、木曽さんは好きなのだ。

基本的には……。

『NOT SIX』は、都心の一等地の駅前……、からちょっと歩いた場所にある。

とはいえ、駅前はホテルあり、ファッションビルありで、賑やかで、駅から離れたところにもポツポツとオシャレな店がある。

うちの会社が入ってるビルの前にあるカフェもそうだし、ビルの一階に入ってる雑貨店もそうだ。

一本向こうの通りには、パン・ド・カンパーニュの専門店がある。

セレクトショップなんかも多くて、女子社員は目の毒だと騒いでいた。

ま、安月給の俺にはあんまり関係はないんだけど。

こんないいところに会社を構えることができたのはなぞだったが、経理の小川《おがわ》部長がその理由を知っていた。

「前に社長のお父さんのご友人の会社が三階に入ってて、出て行く時に紹介してくれたらしいよ。その後四階の会社も出て行ったので、借りることにしたらしい」

小川部長は我が社で最年長の人だし、その戸部さんのお父さんのツテで来た人らしいから多分本当のことだろう。

クリエイター系は戸部さんの学生時代のツテで誘った人が多いので、若い人が多いが、経理など事務系の上の人達は、専門職をヘッドハンティングしたので、年配の人が多い。

ここまでの人達は、戸部さんが若いことを知っている。

だが会社が大きくなってから新しく雇った人は、立花さんのように事情を知らない人が殆どだった。

なので、立花さんが喋《しゃべ》ったのか、経理と総務のお姉様達に色々訊かれるようになってしまった。

「深田くん、社長の後輩なんですって？」

「木曽さんと戸部さんって、大学の友人だったたって本当？」

「同じ年なの？」

経理に伝票を出しに行った途端、囲まれてしまう。

「質問は一つずつ、プライバシーにかかわることはノーコメントです。今の質問は全部『イエス』です」

「深田くんのいくつ上？」

「二学年上です」

「ショック……年下だわ」

「わたしはセーフ」

カクテルキス文庫　初回限定特別ショートストーリーペーパー♥

著：火崎　勇
画：タカツキノボル

ホントウは恋のはじまり
『ホットケーキ』

話の始まりは、仕事で使う素材を探している同期の石塚
が言い出したことだった。
「あー、家で作ったホットケーキ食べたい」
我が社はウェブデザインを手掛ける会社で、その時石塚
は先輩の立花さんの受けたカフェの広告に使う写真の参考
になるものを探していろんなカフェの写真を見ていたらし
い。
「パンケーキなら向かいのカフェでも食べられるだろう」
と言ったのは、石塚のリーダーである立花さん。
石塚の隣が立花さんのデスクで、立花さんと背中合わせ
に座るのが俺。俺のリーダーの木曽さんがその隣。木曽さ
んが俺の恋人だというのは、秘密だ。
「違うんですよ。家のホットケーキが食べたいんです。お
店のって生クリームとか色々載ってるじゃないですか。ウ
チはシンプルにメープルシロップとバターだけど、厚さも
もっと薄いんです」
「あ、わかる。俺んとこはフライパンで焼いてたからちょ
っと焦げてたんだよな」
「深田んとこは？」
石塚に問いかけられ、俺は手を止めた。
「うちはホットプレートでした。メープルシ
くてハチミツかな。でもバターは店では
たっぷり塗ってました」
「だよな、わかる。店のはバタ
なだった？」
立花さんが訊くと、
い」と答えた。
「そんなもの
「家で作
か？

ロップじゃな

ありえないくらい

少ないよな。木曽はどん

木曽さんは愛想なく「食ったことな

どこでも食えるだろう」

るのはまた違うんだよね、甘い物好きじゃないの

」

「興味がないだけだ」

「でも俺んとこ、ベーコンと目玉焼きを付けて朝メシに出されたこともありましたよ」

石塚と立花さんの会話に木曽さんは背を向けて、もう加わろうとしなかった。

愛想のない人だから二人は気にしていなかったが、俺は彼の様子を窺っていた。

木曽さんは、あまりよい子供時代を送っていなかった。

本当は興味があるんじゃないですか？

食べたことないから、食べてみたいんじゃないですか？

立花さん達の前ではそれが言えないんじゃないですか？

俺は二人に聞こえないように、こっそりと囁いた。

「今夜、木曽さんのマンション、寄ってもいいですか？」

「ん？　ああ、いいぞ」

俺はね、木曽さんにいろんな幸せをあげたいと思ってる

す。
だって
コンとか
て思うのは気のせいじゃ
さんはモデルみたいなイケメンで、
ナーで、口が悪くて人付き合いも悪
からカッコイイと言われている人だ。
を何も知らない大学の頃は、先輩としてよく俺
かったりもした。

でも今は……。

彼の部屋のキッチンに立つ俺の後ろにぴったりくっついて、ホットケーキが焼けるのをじっと見ている。

「パンケーキとどこが違うんだ？」

「ドラ焼きの皮みたいだな」

「ちょっと焦げたぞ」

「どこの家でも作るもんなのか？」

待ちきれない子供みたいにちょいちょい口を挟むくらい興味津々だ。

作業するのに邪魔ではあるんだけど、俺は彼のしたいようにさせてあげていた。

「いい匂いだ」

二人でキッチンに立つのも、幸せなことでしょう？

俺はちゃんと木曽さんに幸せをあげられてますよね？

口には出さなかったけれど、その気持ちが伝わったかのように、まだ焼いてる俺の背後から彼が腕を回してきた。

「俺だけのために作ってくれるメシってのは、いいもんだな」

と言いながら、俺の耳にキスして。

おしまい♡

んです。大したことはできないけど、小さな幸せを味わってこなかった人に、誰もが感じた幸せを教えてあげたいんです。

お弁当に入ってるタコのウインナーとか、病気の時の桃の缶詰とか。

朝の温かいカップスープとか、風呂上がりに髪を拭いてもらうとか、眠るときに抱き合う相手がいることとかも、いつか与えてあげたいささやかな幸せだ。

会社帰り、彼のマンションへ行く前に、一緒にスーパーで買い物をするのも、ささやかな幸せの一つ。

「何買うんだ？」

「ホットケーキミックスです。木曽さんの家、ホットプレートがないから、フライパンで作るので、上手くできないかもしれないですけど」

「ホットケーキなんて」

「わが家の味です。バターたっぷりハチミツたっぷりで

いつか誰かに訊かれたら、これが木曽さんの家の味だ

言えるように。あ。でも甘いのが嫌だったらベ

目玉焼きとかも付けますよ」

「まかせる」

そう言う彼の顔に『楽しみ』っ

ないだろう。

言っておくけど、木曽

我が社のエースデザイ

くて、女子社員

彼のことを

をから

「ね、立花さんは？　同じ大学？」

「違います」

「じゃ、結城《ゆうき》さんは？」

「違います。でも戸部さんの先輩の友人だそうです」

俺は話しやすいのか、捕まりやすい。

「仕事中なので、質問はここまで」

ただ俺は妹がいるから、女性にあまり遠慮がなく、話を切ることもできる。だから周囲の人達も文句は言わなかった。

「深田くん、ちょっと」

呼び止めたのは、小川部長だった。

この人の呼び止めは仕事の話だから素直に足を止める。

「何でしょう？」

「うん、ちょっとね。付き合ってくれないかな」

「はい」

小川さんは、ドラキュラみたいに細面のオールバックで、背も高くて細いから、今時のイケオジに区分してもいいと思う。

小川部長はそのまま喫煙室へ向かい、ベランダへ出た。

勤務時間中だから、当然誰もいない。

暖房の効いた屋内から出てきたから、冷たい空気が気持ちよかった。

「小川さん、タバコ吸いましたっけ？」

「電子タバコだけどね。まあ、今は人払いができるから選んだだけで吸わないけど」

小川さんって、紳士なんだよな。

この人がお金を握ってるから、この会社は安心って感じ。

「深田くん、最近戸部社長に彼女ができたって聞いた？」

「は？　いいえ」

「そうか、じゃ見間違いだな。この間女性と親しげにしてるところを見たから」

「戸部さん、妹さんがいらっしゃるから、妹さんかも」

「ああ、なるほど」

答えながら、俺は疑問を抱いた。

「戸部さんに彼女ができるのを、どうして小川さんが気になさるんですか？」

「ああ、彼の父親に頼まれててね。進也くんの回りに、知らない人間が近づいたら教えてくれって。まあ、過保護だよね」

「小川さん、戸部さんのお父様のお知り合いなんですよね？」

「正確には、戸部くんの父親の友人の後輩だね。戸部さんの父親とはそんなには親しくないから妹さんの顔は知らないんだ」

「そうなんですか」

小川さんは、少し笑って俺を見た。

「深田くんは、はっきりものを訊くんだね」

「失礼でしたか？」

恐縮すると、慌てて否定してくれた。

「いや、いいと思うよ。社長もそういうところが気に入ってるんじゃないかな。『社長』になると、みんな腫れ物を触るようになるから。深田くんは大学の後輩で、付き合いも長いから気心が知れてるんだろうね。あと、木曽くんか」

小川さんになら訊いてみてもいいかな？

「あの……戸部さんと木曽さんが兄弟って話は聞いたことあります？」

当然ながら、小川さんは驚いた顔をした。

「いや、ないが。そんな噂があるのかい？」

「いえ、仲がよくて兄弟みたいだなぁって。だから、ご両親が離婚して生き別れになった兄弟とか」

小川さんは笑った。

「面白いこと考えるね。戸部さん、社長の父親が離婚したとか再婚したって話聞いたことがな
いから違うだろう」

「ですよね」

「僕から見れば、君と社長の方が兄弟みたいだな」

「嬉しいですね。あんな兄貴なら欲しかったです」

「じゃ、話は終わりだ。小倉《おぐら》くん達の質問には、あんまりまじめに答えなくていいからね」

小倉、というのは総務のお姉様の一人だ。

「あの程度なら大丈夫です。妹がいるから慣れてますし」

「彼女達もねぇ、会社は婿探しの場所じゃないのに」

呆れたように言うけれど、響きには優しさが籠もっている。

「仕方ないですよ、うちの会社、イケメンが多いですから」

「君もそうだしね」

「……ありがとうございます。でも俺は違うと思います。ターゲットに入ってたら、あんなふうに話しかけてはきませんよ」

「そうかい？　僕は君もイケメンだと……」

小川さんの言葉の途中で、ドアが開き、木曽さんが入ってきた。

俺と小川さんがいるのを見て、おやっという顔をする。

「休憩ですか？」

木曽さんも、小川さんには敬語だ。

「いや、ちょっと話をね。うちの小スズメ達のことは上手くあしらいなさいって」

「賛成ですね」

木曽さんはタバコを咥えた。

「木曽くんも、深田くんはイケメンだと思わないかい？」

「小川さん」

「本人は否定するからさ。僕はイケてると思うんだけど」

本当のイケメンの前で言われるといたたまれない。言ってるのもイケオジだし。

「深田は可愛い子ちゃんじゃないですか？　小川さんの方がイケてますよ」

「僕？」

小川さんは肩を竦めた。

「俺も賛成します。小川さんはイケオジです」

「イケオジって？」

「イケてるオジサンです。カッコイイですよ。ねえ、木曽さん？」

「ですね。小川さんみたいに几帳面でしっかりしてる人の奥さんは幸せでしょう」

「妻には面白みがないって言われるけどなぁ。まあ若い人二人に褒められたから、いい気分で戻ることにしよう。深田くんはまだいるかい？」

「いえ、戻ります。じゃ、木曽さん。お先に」

「おう」

喫煙室を出ると、小川さんとはすぐに別れた。

意外だったな。

今まで、小川さんと木曽さんが話してるところを見たことがなかったから、木曽さんがあんなに穏やかに小川さんと話してて驚いた。

言っては何だけど、小川さんはもうおじさんだ。

木曽さんはおじさんが嫌いなはずなのに。

「おじさんなら誰でも嫌いってわけじゃないんだな」

木曽さんは、他人に頼ってる人が嫌い。

おじさんが嫌い。というか相手のことを考えない年上の人、かな？

まあ、わからないでもない理由だけど。

俺は一足先にオフィスへ戻りながら、ぼんやりと考えた。

どうして、あの人は俺なんかを好きだなんて言うんだろう、と。


俺の初仕事となる『フレディス』の仕事は、無事完成し、木曽さんの最終チェックもクリアし、クライアントに届けられた。

クライアントの反応も上々で、色使いだけ修正を頼まれたが、ほぼノーチェックで引き渡しになった。

嬉しい。

「スマホアプリ系の細かい仕事なら、また回してもいいな」

と木曽さんに言われたことも嬉しい。

石塚の方も、スイーツ系の通販サイトを手掛けてたが、何とか立花さんのOKをもらえて、最終のクリーンナップにかかっていた。

木曽さんが依頼した経営コンサルタントも来て、戸部さんは久々にデザインの仕事も手掛けたらしい。

社長室を覗くと、木曽さんと喧々諤々やっていた。

子供みたいで二人ともちょっと可愛い。

なので、せっかく弁当箱を買ったからと、陣中見舞いにお弁当を差し入れてあげたりもした。

大したものではないのだが、二人は喜んで食べてくれた。

世はなべて事もなし。

毎日が順調だった。

そんなある日、出社して暫く経っても、木曽さんの姿を見なかった。

外回りというか、どっかで油を売ってから出社することも珍しくはなかったので、そのまま自分の仕事をしていた。

今は、自分だけの仕事もあるのだ。

だが、昼を過ぎても木曽さんは姿を見せなかった。

「何だ、木曽はまたサボリか」

立花さんの呟きが聞こえた時、内線が鳴った。

「はい深田です」

『悪い、ちょっと社長室に来てくれ』

相手は戸部さんだった。

すぐに社長室へ向かうと、そこには難しい顔をした戸部さんがいた。

「深田、お前急ぎの仕事入ってるか？」

「仕事は入ってますけど、急ぎというわけじゃありません」

どうしたんだろう？

「悪いが、木曽のところに行ってくれないか？」

「木曽さんの？　木曽さん、今日出社してないですよ？」

「知ってる。あいつ、風邪でダウンしたらしい」

「風邪？」

「今メールが来た。見てみろ」

言いながら戸部さんがスマホの画面を見せる。文面を見た途端、何故戸部さんがわざわざメールを見せたかがわかった。

『もつでたきょうゆさな。くいもよたのむ』

「これ……」

「多分、『熱出た今日休む。食い物頼む』だと思う」

つまり、ちゃんとした文面が打てないくらいグロッキーしてるってことか。

「俺が行きたいんだが、今日は午後からクライアントとの打ち合わせがあって、相手が公官庁だから外せないんだ。あいつ、他人が部屋に来るのを嫌うし。だが深田ならきっと入れてくれるだろう。入れてくれなかったら、食い物だけ渡してくれればいい」

「それはいいですけど、俺、木曽さんの家知りませんよ？」

「住所はこれだ。タクシー使っていいし、買い物は後で俺が支払うから」

戸部さんは手書きのメモを差し出した。

「お前が行くって、俺がメールしとくから」

「わかりました」

木曽さんの部屋へ一人で行く、なんて危険を感じるが、あのメールの文面を見たら悪ふざけをする余裕もないだろう。

メモを受け取り、出て行こうとすると、戸部さんが一言言った。

「部屋に入っても、驚くなよ」

驚く？

……汚《お》部屋なのかな。

「はい」

一人暮らしだけど、料理はしたことがないと言ってたな。

だったら調理器具もないかも。

食べ物は、レトルトのお粥《かゆ》でいいか？　あと、水分補給もさせないと。

一旦オフィスへ戻り、ホワイトボードに予定を書き込む。

何と書こうか一瞬迷って、帰宅とした。

これは仕事じゃない。何か言われたら、半休を取ったと言えばいいだろう。

特に立花さんが何か言いそうなので、デスクには戻らずそのまま退社した。

まず駅前まで行って、生活雑貨の店で片手鍋を一つ買い、駅ビルの地下で食料品と水と風邪薬を買ってタクシーに乗った。

「すいません、この住所へお願いします」


タクシーが到着したのは、会社からそう遠くないマンションの前だった。

うちで一番の稼《かせ》ぎ頭だから当然だけど、立派な建物だ。

手渡されたメモには部屋番号が書いてあったが、入り口には暗証番号を打ち込むパネルがあった。

これって、開けてもらわないと入れないやつだよな。

俺はメモに書かれた部屋の番号を押して呼び出しボタンを押した。

ややあってから、パネルにあるスピーカーから小さな声が聞こえた。

「入れ……。玄関も開けとく」

そして目の前のガラスの扉がカチャッと音を立てる。

中に入ると、広いエントランスがあって、左手に通路が続く。覗き込むと突き当たりにエレベーターが見えた。

それに乗って、三階へ。

彼の部屋は、三〇五号室だ。

そこは、フロアの端で、入り口には鉄の門扉がついている角部屋だった。

門扉を受けて中に入り、玄関のドアに手をかける。カギは開いていた。

「失礼します」

声を掛けてから中に入る。

『部屋に入っても、驚くなよ』

と戸部さんに言われていたが、驚かずにはいられなかった。

汚部屋だったからじゃない。その反対だ。

玄関先に靴こそいっぱい並んでいたが、一歩中に入ると、何もなかったのだ。

シンプルと言ってしまえばそれまでだが、通路には何もなく、横合いに見えるキッチンにも何もない。

突き当たりの部屋、多分リビングダイニングに当たる場所には、デスクとその上に載ったパソコンだ。

生活の匂いのする物がないのだ。

「木曽さん？」

声を掛けるとリビングの横の部屋から声がした。

「こっちだ……」

荷物を床に置いて部屋に入る。

そこは寝室で、大きなベッドが一つあるだけ。そのベッドに、ぐったりした木曽さんが横になっていた。

見ただけですぐわかるほど顔が赤い。

「大丈夫ですか？　何か食べました？」

「いや……」

俺が近づくと、彼はふいっと横を向いた。

「あまり近づくな。感染《うつ》る」

「そう簡単に感染りませんよ。ちょっと待っててください」

俺はすぐにリビングへ戻って、買い物袋の中からイオン飲料のペットボトルを取って戻った。

「飲めますか？」

キャップを開けてやり、彼の頭の下に手を入れて身体を支えてやりながらペットボトルを口元へ差し出した。

息を荒くして、おぼつかない手でペットボトルを受け取り、口元へ運ぶ。

喉が渇いていたのだろう、一気に半分ほど飲んでしまった。

飲みかけのボトルをどこかへ置こうかと思ったが、ベッドサイドにもテーブル一つない。

「食い物……、置いたら帰っていい……」

「何言ってるんですか、そんなことできるわけないでしょう」

「感染る」

「感染りません。俺は健康的な生活送ってますからね。今お粥作りますから、それを食べたら薬飲んでください。病院には行ってないんでしょう？」

「ない……」

「体温計は？」

すから」

「咳《せき》は出ますか？　鼻が詰まったりしてますか？　症状を教えてください。単語だけでいいで

「ない」

「熱……、だるい……、身体痛い……」

「わかりました。俺、もう一度買い物に行きますから、カギ貸してください」

「暗証番号は……、〇一二四だ」

「入り口のパネルでそれを打ち込めば開くんですね？」

彼の言葉を引き取って先にこっちから訊くと、彼は頷いた。

「わかりました。ちょっと待っててください」

こんなに酷いとは思わなかった。

ちょっと熱が出て苦しい程度だと思っていた。まさか会話もままならないほどだったとは。

インフルエンザかもしれないな。

失礼だとは思ったが、まずは家の中をチェックする。

食器はグラスと皿だけ。茶碗の類いがない。冷蔵庫の中身はビールとチーズ、さらに生ハムのパックと調味料が少し。

キッチンの引きだしを開けても、乾物や缶詰などの保存食もない。

料理どころじゃない。彼は、この部屋で食事をしてないってことか。

もう一つある部屋のドアを開けると、ウォークインクローゼットかと思うほど服だけが置かれていて、別の部屋は本を中心とした物置状態。

木曽さんの生活が目に見えるようだ。

俺は部屋を出て、近くの薬局を探した。

彼にとって、あの部屋は『生活』の場所ではないのだろう。

仕事をして眠るためだけの場所。荷物を置いておくだけの場所でしかないのだ。

悲しくなった。

木曽さんは、もっと人生を面白おかしく過ごしている人だと思っていたのに。俺の前で側に居ながら悪態をついていた人が、あの何もない部屋で一人でいるなんて。

表情を失くし、パソコンに向かってる彼の横顔を想像すると、とても悲しくなった。

だから、あんなに弁当に喜んだのか。だから朝起きて温かい料理が出るのが嬉しいと言っていたのか。

スマホで近くのドラッグストアと百円ショップを探し、必要なものを全て買った。

体温計、冷却ジェル、吸い飲み。保存容器にラップ、ボウルにカトラリー。ついでに食材を買いたしてからマンションへ戻る。

暗証番号を聞いたので、インターフォンを押すことなく部屋に入り、木曽さんの様子を見に行った。

まだ息は荒く、俺が近づいても目も開けない。

買ってきた体温計をオデコに当て、体温を計る。熱は三十八度六分もあった。

冷却ジェルを額に貼ってあげると、気持ちよかったのか目を開けてこちらを見たが、何も言わずにまた目を閉じた。

暫くは寝かせておこう。

その間に料理を始める。

ジャガイモを茹《ゆ》でて玉ねぎやキュウリ、ハムを入れてポテトサラダを作る。これはもう少し体調がよくなった時用だ。

買ってきたロールパンを一つずつラップに包んで冷蔵庫へ入れる。

これで、料理をしなくても、レンジでパンを温めてポテトサラダを挟めば簡単に食べられるだろう。

それからレトルトのお粥を幾つか鍋に開け、温めてからショウガを少しとタマゴをといて入れる。

温めている間に梅ぼしのタネを抜いて、細かく刻んで醤油を垂らし梅醤を作る。

物置から本を持ってきて、ベッドサイドに積み上げ、その上からタオルを掛けて簡易のテーブルとした。

出来上がったお粥一食分をカフェオレボウルに入れて、レンゲと小皿に梅醤を添え、トレイに載せた。残りは小分けの保存容器に入れた。

小皿も、ボウルも、レンゲもトレイも、この部屋にはなかったものだ。

俺はトレイを持って寝室に行き、本で作ったテーブルの上に置いた。

「木曽さん。起きてください」

声を掛けると、彼が目を開ける。

「苦しいと思いますけど、少しだけでも食べてください。お粥を食べたら薬を飲みますから」

唇が乾いて白っぽくなっている。

口呼吸をしてるせいだ。

枕元に座り、彼を抱き起こす。

「うつ……」

「感染りません。感染すのが心配なら、さっさと食べてください。食べ終わったら離れます」

枕を背中に入れ、支えながらトレイを彼のお腹の上に置くと、彼は自分でレンゲを握ろうとした。

手渡そうと差し出したレンゲが上手く掴めないのを見て、俺は自分でそれを握った。

「口開けて」

そっと口元へレンゲを運ぶ。

「自分で……、食える……」

「いいから、食べなさい」

強く言うと、彼は口を開けた。

ゆっくり、ゆっくり、食べさせる。

「残ったお粥は容器に入れて、冷蔵庫に入れておきました。次は容器ごとレンジで温めて食べてください。固形物が食べられるようになったら、ポテトサラダとパンも冷蔵庫に入ってるので、パンを温めて、サラダを挟んで食べるといいですよ」

梅醤を載せた一匙《さじ》を口に入れると、ポソリと呟いた。

「……美味い」

「それはよかった。まだまだありますから、いっぱい食べてください」

「看病なんて……、されるのは初めてだ……」

言ってから、少し笑う。

「悪くない……」

「お粥食べ終わったら、桃缶ありますよ」

「桃……カン……？」

「病気の時は桃缶です」

「知らないな……」

「食べたらわかりますよ」

時間はかかったけれど、木曽さんはお粥を全部食べた。

お腹にものを入れたからか、すこしは元気になったようだ、ほんの少しだけ。

俺が手を離すと、自分で枕を直し、ベッドヘッドに寄りかかった。身体が起こせるようになったみたいだが、まだ口呼吸だ。

食器を下げ、冷蔵庫で冷やしておいた桃の缶詰を開け食べ易いように一口サイズに切って、薬と吸い飲みと一緒にまたトレイに載せて彼のところに戻る。

「今日は特別ですからね。はい、アーン」

フォークで刺した桃を口に入れてやる。

「冷たい」

「美味しいでしょう？　口が不味くなってても、桃缶だけは食べられるんですよね」

「桃缶ってのは定番なのか」

「そうです。初体験ですか？」

「……ふふ」

「木曽さんの初体験が俺ですよ。よかったですね」

「言うな……」

彼は笑った。

俺も笑った。

でも俺の心の中は泣きたいほど悲しかった。

看病されたのは初めてだと言った。実際に食べたことがなくても、病気の時の桃缶は定番で有名なのに。それすらも知らなかった。

そういえば、彼は母親の手料理も、食べたことがないと言っていた。

木曽さんの親は、ネグレクトだったんだろうか？

ずっと彼は一人で過ごしてきたんだろうか？

だから、『生活』のない部屋で暮らしているのだろうか？

そんなことを考えると泣きたくなった。

いつも態度が大きい彼の弱々しい姿のせいもあるだろう。

桃を食べ終え、イオン飲料の残りを飲み、ドラッグストアで薬剤師さんに相談して買った熱さましを飲ませる。

病院へ連れて行きたかったけど、この状態の木曽さんを俺一人で連れて行くのは無理だ。薬剤師さんも、インフルエンザなら病院へ連れて行っても対処療法しかないから、家で安静にしていた方がいいとのことだった。

枕を直し、また彼を横たわらせる。

木曽さんは目を閉じて深い息をついた。

「……深田」

「はい」

「帰るか……？」

「まだいますよ。何かして欲しいこと、ありますか？」

暫くの間を置いて、彼は布団の中から手を出した。

「眠るまで……、手を握ってくれ……」

「いいですよ」

俺は手をぎゅっと握った。熱い手は、力無く握り返した。

「深田、俺の恋人になれよ……」

「またこんな時に」

「進也より、お前の方が必要なんだ……」

ドキリとする言葉。

「お前……いれば……、俺は……ひと……にならないで……」

そのまま、彼は眠ってしまった。

握っていた手から力が抜けて俺を解放する。

「ずるい……」

こんな時にそんなことを言うなんて。

弱ってて、可哀想だと思ってる時に、嘘なんて言えないんじゃないかって信じてしまいそうな時に。戸部さんより俺がいいとか、恋人とか言うなんて。

言いかけた言葉も、心を揺らした。

きっと、俺がいれば『一人にならないで』と言いたかったに違いない。

彼の、寂しさが見えた気がした。

こんな状況で嘘をつくなんて思えなかったから。

でもそうだとすると、恋人になれと言った言葉も、戸部さんより俺の方が必要だって言った言葉も本当になってしまう。

「ずるいですよ……、木曽さん」

俺をこんな気持ちにして、寝息を立てるなんて。起こして問いただすこともできないじゃないですか。

木曽さんの寝顔を見ながら、俺は自分の心が彼に傾きかけてゆくのを感じた。

『熱は三十八度六分。お粥を食べて薬を飲んで寝ました』

戸部さんにメールを送ると、すぐに返事が来た。

『わかった。ありがとう。夜に行くと伝えてくれ』

夜には戸部さんが来てくれるんだ。

それなら、と俺はすぐに返信した。

『今は眠っているので、戸部さんが来るまでここにいます』

急変したら大変だし、今の彼を『独り』にしたくなかった。

食事の片付けをして、自分も昼飯代わりに買ってきた菓子パンをかじる。

菓子パン。

学生時代に食べてると、からかわれたな。子供舌って。

木曽さんが俺を気に入ったのは、俺が戸部さんと仲がよかったからも、この間の飲み会で言ったように、他人に頼ってる人間じゃないと認識したからかも。

俺に恋人になれと言ったのは……。

俺が家庭的に見えたからかも。

彼の寂しさを埋めてくれると思ったのかも。

木曽さんがどうして俺を好きなのか、今まで一つも理由を考えつかなかった。でも一つずつ、これかもしれないというものが見つかると、言葉の信憑性が増してしまう。

パンを食べ終わると、彼の枕元の床に座り寝顔を眺めた。

本当に、俺のことが好きなんですか？

もしも本当なら、少し考えてみてあげますよ。

こんな寂しいところに一人でいるくらいだったら、俺の部屋に遊びに来るのを許してあげてもいいですよ。

何度か、木曽さんは目を開けた。

目を開ける度に、俺は「お水ですか？」と声を掛けた。

俺が枕元にいることに最初は驚いていたが、何度目かには目で俺を探していた。

吸い飲みで水を飲ませ、冷却ジェルを貼り替え、熱いおしぼりで汗をかいた顔や首元をぬぐってやった。

身体も拭いてあげたかったが、それは体力的に無理だろう。

やがて、彼の寝息が規則正しくなり、口ではなく鼻で呼吸をしだした頃、玄関の方から物音が聞こえた。

あっと振り向くと、リビングにつながるドアから戸部さんが顔を出す。

戸部さんも、ここの暗証番号を知ってるんだ。いや、合カギを持ってるのかも。

俺は木曽さんから離れ、リビングに向かった。

お役目交代だな。

「どうだ？」

「薬が効いたのか、今は安定して寝てます。でもかなり酷かったので、少し熱が下がったら病院へ連れていった方がいいかも」

「そうか。……この部屋、何もなくて驚いただろう？」

「戸部さんは知ってたんですね。学生時代からこうだったんですか？」

座る椅子もないので、二人とも立ったままで話し続ける。

「ああ。部屋には寝に帰るだけだと言ってな。寂しいもんだ」

「そういう時は、有無を言わさず色々持ち込んじゃえばいいんです。物が残れば、ここにまた人が来るって伝わりますから」

「深田はいいこと言うな」

「戸部さんや俺が来てもいいように、マグカップの一つでも買っておくように言っておいてください。あと椅子。こんなにも広い部屋のど真ん中にワーキングデスク一つなんて空間がもったいないですよ」

戸部さんは笑った。

「そういうの、どんどん言ってやってくれ」

「俺が言うより、戸部さんが言った方がいいですよ」

「俺もなぁ、言ってみたんだが、全然変わらなかったから。『そんなものいらない』って言われると、つい『そうか』って納得しちゃうのがいけないんだろうな」

「甘やかし過ぎです」

「可愛いからな」

ああ、そうだ。

木曽さんには戸部さんがいる。

もうずっと一緒にいて、何もかもわかってる人がいる。

「買った物のレシート出せ。払うから」

「いえ、いいです。百円ショップのものとかばっかりなんで、そんなにかかってませんし。お見舞いってことにしときます」

「いいのか？」

「食べ物は冷蔵庫にお粥とポテトサラダ入れてあるので、適当に食べさせてください。あと、キッチンにあるスーパーの袋に桃の缶詰があるので」

「桃缶か、病気あるあるだな」

「はい。あと、冷蔵庫に、剥いたリンゴを入れてあるので、食べられなくても、見せるだけ見せてあげてください。……喜ぶかもしれないので」

「リンゴを？」

「ウサギに剥いたので」

合点がいった顔で戸部さんが頷く。

「あいつ、そういうのに弱いからな」

本当は、戸部さんが来る前に木曽さんの目が覚めたら見せてあげようと思っていた。タコのウインナーであんなに喜んだから、きっとウサギリンゴも喜ぶだろうと思って。

でも、喜ぶ顔は見られそうもないな。

「じゃ、俺、帰ります」

「ああ。今日は本当に悪かったな」

「いいえ」

俺は木曽さんの顔を見ないで、部屋を出た。

外はもう真っ暗で、空気は少し肌寒いくらいだった。

「お腹空いたな……」

心が、揺れる。

いろんな方向に、グラグラ揺れてる。

木曽さんが、先輩として、クリエーターとして、好きになってきていた。

『好き』に傾いた心に、彼の寂しさが染みてくる。

冗談だと突っぱねていた言葉に、真実味が増したら、自分はどう応えたらいいのかを考えなくちゃと思ってしまう。

でも戸部さんは木曽さんを愛してると言った。

木曽さんも戸部さんを愛してると言った。

二人は家も自由に出入りしていて、下の名前で呼び合って。昔から何もかもわかっていて、
辛い時に木曽さんが一番に呼んだのは戸部さんで……。

でも朦朧《もうろう》とした意識の中で、戸部さんより俺が必要だと言ってくれた。

もう何が何だかわからなくなって……。俺は取り敢えず見かけたラーメン屋に飛び込んで、ラーメンと餃子を頼んだ。

腹が減ってる時の考え事はよくない。

いい答えなんか出てこない。

まずは腹ごしらえからだ。

空腹を蹴散らしてから、ゆっくり考えよう、と。


満腹になってから、家に戻り、ゆっくり考えた結果、俺は今まで通りにすることにした。

考えてみれば、朦朧としてる時に嘘は言わないかもしれないが、何を言ってるのかわかってないということもある。

俺のことを好きだというのが本当だとしても、戸部さんを好きなのも本当だと思う。

ということは、二股だ。

冗談なら、相手にする必要ナシ、本気だとしても二股男に真剣に答える必要ナシだ。

ただ、あこがれの先輩としてなら、病状は気になった。

「やっぱりインフルエンザだった。深田は大丈夫か？」

翌日の夕方、木曽さんを病院に連れて行った戸部さんが報告してくれる。

「俺は全然平気です。帰りにラーメン食べて帰りました」

「それなら安心だ」

「それで、木曽さんの容体は……」

「うん。まだ熱があるからしばらく夜は俺が付いてる。昼間は他の人を頼んだし」

「他の人？　木曽さんが戸部さん以外の人をあの部屋に入れたんですか？」

あの、来客を拒むような部屋に。

「まあ、あいつも背に腹は代えられないってことだ。文句は言ってたけどな」

そんな人がいたんだ……。

知らなかった。

「ああ、そうだリンゴ喜んでたぞ」

その顔が見られなかったのは残念だ。

結局、木曽さんはその後三日会社を休んだ。

心配だったけど、戸部さんが泊まり込んでるのなら、俺のすることはない。感染するといけないからと、戸部さんから見舞いも止められてしまったし。

俺ができるのは、自分の仕事を進めることと、滞ってしまった彼の仕事のサポートをするくらいだ。

四日目、少し痩《や》せた木曽さんがマスク姿で出社したけれど、仕事の進捗状態を確認し、俺に幾つかの指示を出すと数時間で帰ってしまった。

特に言葉をかけてもらえなかったことは寂しかったけど、歩けるようになったというだけで安心した。

あの日見た彼の姿は、本当に苦しそうだったから。

完全復活は五日目から。

まだ少しやつれた印象は残るけれど、いつもの木曽さんに戻った。

「ワイヤーフレームだけ、プリントアウトしてくれ。グルーピングが上手くいかないんで、煮詰めるから」

「ヘッダーのデザインはやり直す」

「深田の仕事も見てやるから、データ送ってこい」

軽口も叩かず、休んでいた分の仕事をてきぱきと片付けてゆく。

「凄いな。あの速さでクオリティ落とさないのは流石《さすが》だね」

立花さんの呟きも、ネガティヴなものではなかった。

「結城。これのデザイン頼めるか？」

頼めるものは他の人に頼んで、一日でほぼすべての仕事を再構築してしまった。

「納期をオーバーするものはなさそうだな」

最後のチェックをして、ふっと肩の力を抜く。

「残りは持ち帰って、明日までにカタをつけて来る」

「大丈夫ですか？　まだ無理しない方がいいんじゃ？」

「もう大丈夫だ。ウサギが効いた」

俺を見て、にやっと笑う。

「それで思い出した、深田、ちょっと来い」

もう定時で、皆が帰ってゆく中、木曽さんは俺をフリースペースに呼び出した。

サーバーで煮詰まってしまったコーヒーを注いだ紙コップを渡され、長いテーブルに座る。

「木曽さん、残るんだったら、最後明かりお願いします」

営業の矢口《やぐち》さんの声掛けに、木曽さんは大きな声で答えた。

「すぐ終わる」

それから俺に向き直ると小さな箱をテーブルに置いた。

「この間はすまなかったな。色々ありがとう」

改まってお礼を言われて、恐縮する。

「病気なんだから仕方ないですよ」

「それでも嬉しかった。桃の缶詰も美味かったしな」

「あったものを出しただけで、本当にたいしたことは……」

「これは世話になった礼だ」

テーブルに置いた箱を俺の方へ押し出す。

「そんなに気にしなくてもいいのに」

「いいから、開けてみろ」

促されて、俺は箱を手に取り、包みを破って箱を開けた。

「これ……、キーケースですか？」

中に入っていたのは、黒い革のキーケースだった。

ファスナーで閉じることができるタイプのもので、表面にメタルのクロスが貼ってある、カッコイイデザインだった。

「開けてみろ」

「開けましたよ？」

「ファスナーを開けろと言ってるんだ」

言われてファスナーを開けると、そこには既に一本のカギが入っていた。

「俺の部屋のカギだ。マグカップと椅子を買っておくから、今度遊びに来い」

「え……」

それって、俺が戸部さんに言った言葉だ。

でも、戸部さんは何度言ってもあの部屋に余計なものは置いてくれなかったと言っていたのに。俺の言葉は聞いてくれたのか？

「お前だけ呼ぶと警戒されそうだから、戸部の分も買う。二人で来ればいい」

嬉しい。

木曽さんが自由に部屋を訪れる許可を俺にくれた。

「……また木曽さんが病気になった時のために、預かっておきます」

「何だ、来ないのか？」

「それは考えておきます。今は仕事が忙しいですから」

「チェッ、もっと喜ぶと思ったのにな」

ふてくされたように言って、彼は立ち上がった。

喜んでますよ。

すっごく、すっごく喜んでます。

でもそれを顔に出すとまた付け上がるでしょう？　ここは会社で、まだ営業の人達が残ってるのに、変なことを言い出されたら困るから、我慢してるんです。

「メシ行くから付いてこい。これ以上残ってると消灯係にされそうだ」

渡してくれたコーヒーに口をつける暇もない。

「粥とポテトサラダよりはいいもの食わせてやる」

紙コップを片付ける俺の頭を乱暴に撫でる。

自分がしてあげたことを、相手がちゃんと受け止めて喜んでくれていることが嬉しい。

自分も木曽さんの特別になれた気がして嬉しい。

俺のために選んでくれたプレゼントが嬉しい。

フロアを出て、エレベーターに乗り、一緒に外へ出る。

肩を並べて歩くことも嬉しい。

「何食いたい？」

「ラーメンでいいですよ」

「もっといいもの言えよ」

いつもの日常に戻った。

そのはずなのに、少しだけ違ってしまったのも感じる。

それが何なのかは、よくわかっていた。

「何か買って、俺の部屋へ来てもいいんだぞ？」

「結構です。ラーメンで十分。近くに美味しいチャーシュー麺の店があるんです」

からかうような言葉をかける木曽さん、それを受け流す俺。

変わったのは、彼の軽口の中に意味を見いだそうとしている自分。

俺のしたことがそんなに嬉しかったのかな。だから食事をおごるなんて言うのかな。戸部さんだって看病したのに、俺だけを誘ってくれたのはどうしてかな。

本当に俺のこと、好きなのかな。

二股男のことなんて真剣に考える必要はないと答えを出したのに、本人を目の前にするとまた心が揺れてしまう。

揺れて、一気に傾いてしまいそうだ。

「恋人になったらあの部屋で一緒に暮らせるぞ」

「結構です。今のアパートが好きですから」

木曽さんを喜ばせてあげたいという方へ。

彼のことが好きかも、という方へ……。

「木曽、お前昨日銀座《ぎんざ》にいなかった？」

朝一番、立花さんが声を掛けてきた。

木曽さんは面倒臭そうに振り向く。

「だったらどうした」

素っ気ない態度にもめげず、立花さんが続ける。

「ショートボブの美人と一緒にいただろ。彼女？」

「違う」

そう答えたことで、『木曽さんが銀座にショートボブの美女と一緒にいた』ことは事実となった。

「じゃ、紹介してくれよ。すっごい好みだった」

「他人に紹介できるほどの付き合いじゃねぇよ」

「随分親しげだったじゃないか」

「そう見えただけだろ」

「腕組んでたじゃん」

「あっちが勝手にな」

「でも嫌がってなかった」

「うるせぇな。女ぐらい自分で探してこい」

面倒が極まったのか、木曽さんは席を立ち、そのまま出て行ってしまった。行き先は喫煙室か社長室だろう。

「人を女に飢えてるみたいに言いやがって。俺だって、どこにでもいるような女だったら木曽なんかに言わないよ」

ボソッと立花さんが呟く。

「そんなに美人だったんですか？」

俺が訊くと、立花さんは目をキラキラさせて頷いた。

「そりゃすごい美人だったぞ。スタイルもよくて。最初外国人かと思ったくらいだ」

「その時に声掛けて紹介してもらったらよかったのに」

「腕組んで歩いてる美男美女に声掛けするのには勇気がいるんだよ」

腕を組んで……。

女嫌いとまでは言わないが、学生時代から女性と親しく付き合ってるところなんか見たことない人なのに。

でも『あっちが勝手に』って言ったのだから腕は組んでいたのだろう。

……誰なんだろう。

「な、深田は知らないか？」

「いいえ、知りません。木曽さん、モテてはいましたけど、彼女作らない人だったから」

「チェッ、残念だなあ。もう一回会いたいくらいの美人だったのに」

彼女、ではないだろう。

俺のことは置いておいて、戸部さんがいるのだから。

気になってしまうのは、『不思議』だからだ。『嫉妬』じゃない。

木曽さんにこんなに親しい女性がいるなんて初耳だ。

それに、明確に相手のことを答えなかったのも。

いつもなら、『仕事相手だ』とか『大学の友人だ』とか、相手がどういう人かどうか言うのに、腕まで組んでおきながら、他人に紹介するほど親しくないなんて。

気になる。

「なあ、深田。ちょっと訊いてきてよ」

「俺がですか？」

「お前にならら言いそうじゃん」

「多分言わないと思います」

「だって可愛がってる後輩だろ？」

「木曽さんは、人によって話すことを変えたりしませんから。立花さんに言わないなら、俺にも言いませんよ。喋るとしたら戸部さんぐらいでしょう」

「深田でもダメかあ。ああ、もう一度会いたいっ」

「そこまで言われるとどれほどの美女だったのか興味出ますね」

悲嘆にくれる立花さんを見て、石塚まで言い出した。

二人がかりで迫られては困るので、「木曽さん呼び戻してきますね」と言って、俺は席を外した。

喫煙室のガラス扉越しに中を見ると、やっぱり彼はそこにいた。

タバコをふかして、電話をしている。

電話の邪魔にならないようにそうっと扉を開けると、怒鳴り声が響いた。

「今度見かけたら警察を呼べ！　大げさじゃない！」

珍しいほど大きな声だ。

けれど次の瞬間、怒りは収まり、急に優しい声になる。

「ああ、冴子《さえこ》のいい時でいい」

冴子……。

女性の名前だ。

立花さんが言っていたショートボブの女性だろうか？

「何だってそんなとこにすんだよ。ああ、わかった。何でも買ってやる」

聞いていいことなんだろうか？

俺は迷って、静かに扉を閉めて廊下に戻った。

警察を呼べって言ってたけど、何の話だったんだろう。

冴子、なんて名前、今まで一度も聞いたことがない。俺が覚えている限りの仕事関係者の中にも、大学の先輩にもいない。

けれど、とても親しそうだった。

何でも買ってやる、なんて言うくらい。

いや、でもきっとただの友人だろう。

木曽さんに女性の友人がいたっておかしくはない。友達以上の女性なんて、彼にいるわけがない。戸部さんがいるんだから。

俺は気を取り直して、もう一度ガラス扉を開けた。

「木曽さん、仕事戻ってください」

わざと大きな声を出して。

木曽さんはまだ電話中で、振り向くと俺に『シッ』と唇に指を当てて合図した。

「悪いな、仕事の呼び出しだ。また後で電話してくれ。……うるせぇよ」

と言ってから電話を切った。

「誰と話してたんです？『うるせぇ』なんて」

「ちょっとした知り合いだ。俺でも仕事をするのかと笑われた」

それって、相当あなたのことを知ってないと出ない言葉では？

「戻る前に、もう一本吸わせろ」

「いいですよ。じゃ、ここで待ちます」

壁に寄りかかって、新しいタバコを咥えて火を点ける木曽さんの横顔を見つめる。

「さっき立花さんが言ってた女性、誰なんです？」

「訊いてこいって言われたのか？」

「言われましたけど……、素朴な疑問です」

「お前が知りたいなら答えてやるが、他人に訊いてこいと言われたから尋ねるなら、答えてもしょうがない」

「別に俺は……」

木曽さんが近づいてきて、俺の顔の横に手をつく。

これって壁ドンか。

「つまんないな。少しは妬けよ」

確かに、ちょっとドキッとする。

「何で俺が妬かなきゃいけないんですか」

「深田がどんなにつれなくしても、俺はお前が振り向いてくれるまで、愛してるって言い続けるぞ。俺にはお前が必要なんだ」

「またタコさんのウインナーを作らせるためですか？」

家庭的なことを味わいたいから、ですか？

「ウサギのリンゴも欲しいな。だが一番欲しいのは、お前自身だ。悪さしてもいいなら、今すぐここでキスしてやりたい」

もう悪さならしてます。

キスしたじゃないですか。

でも忘れてるならその方がいい。

「したら怒りますよ」

「わかってるよ。俺は力ずくではしない」

あの時と同じようなことを言って、腕を外して彼が離れる。

「騙《だま》したり丸め込んだりして手に入れても仕方がない。俺はちゃんと愛し合いたい」

「……クサイセリフですよ」

「うるせぇな。だが本当だ」

彼がフーッと長く吐いた息が、更に上がる煙となって消える。

たそがれたような横顔に、見とれてしまう。

「好きにならなければよかった、と相手に言わせるような恋はしない」

ポツリと、呟いた声も、煙と一緒に吐き出され、風に消えた。

「おや、先客ですか」

声がして、小川さんが入ってくる。

俺を見て、おやっという顔をし、

「邪魔しましたか？」

と訊いた。

「いや、見張りですよ。吸い終わったら連行されます」

「それは、それは」

小川さんは電子タバコを取り出して咥えた。

電子タバコにしてまで止《や》められないってことは、小川さんも以前はヘビースモーカーだったのかも。

「そろそろ外で吸うのが辛い季節になってきましたね」

「戸部に言ってストーブでも付けさせますか」

「外じゃ意味ないでしょう。それに、電気代が無駄ですよ。人がいない方が多いんですから」

「小川さんは堅いなぁ」

「そうでもないですよ。ただ社のお金を扱ってますからねぇ。無駄は削減しないと」

「……手厳しい」

穏やかに会話する二人を見ながら、今の木曽さんの言葉を反芻《はんすう》して、また俺の心は大きく揺れていた。

俺自身が欲しいって。

『好きにならなければよかった、と相手に言わせるような恋はしない』だって。

あの時は、酔ってたから戸部さんと木曽さんは兄弟だなんて言ったけど、素面《しらふ》の時に俺が知りたいって言って訊いたら違う答えが聞けるのかな。

そこで納得のいく答えがもらえたら……。

木曽さんのことを好きになってもいいのかな。

「深田、もう一本いいか？」

「ダメです。インフルエンザのせいで進行遅れてるんですから、戻りますよ」

「これですよ、小川さん」

「いいことです。頑張れ、深田クン」

もう、好きになっているのかも知れないけど……。


自分の心が、木曽さんに傾いている。

すぐに恋愛だなんて言わないけど、彼と一緒にいるのは楽しい。何をしてるのか気になる。どう思われてるか気になる。

戸部さんのことも、昼間看病のために彼の部屋へ入れた人のことも、ショートボブの女性のことも、『冴子』という女性のことも気になるけど、それでも気持ちが引き付けられていく。

新しく取り替えたキーケースの中に、彼の部屋のカギがあるということだけで、気持ちがムズムズする。

思い切って疑問の全てをぶつけてみようか？　という気持ちになる。

彼を、彼の言葉を、信用したくなる。

なのに……。

傾いていた俺の心が反対側に揺れるような出来事があった。

その日、木曽さんは昼過ぎより少し早い時間にオフィスを離れた。

「どこ行くんですか？」

と訊いた俺に駅前、とだけ答えた。

何か買い物でもするんだろうと思った。

「昼休みまで待つと混むから、先にメシ食いに行くのかね」

という立花さんの呟きが正解かもしれない。

今日はお弁当を作る時間がなかったので、俺もランチタイムは外に出た。

立花さんが言った通りなら、駅前まで行ったら、木曽さんとバッタリ会えるかもしれないと、俺も駅前まで足を延ばした。

賑やかな駅前は、近所のサラリーマンだけでなく、ホテルやファッションビルの利用客もいて、偶然の出会いを期待するのは難しそうだ。

他人が美味しいって言うものを食べる、という彼の言葉を思い出し、最近彼の耳に届いたであろう店を考えてみた。

結城さんが、イタリアンレストランの話をしてたな。

女性が喜ぶようなところだけど、ランチはボリュームがあって美味いって。

……木曽さんは行かないかも？

でもボリュームのあるランチには興味がある。

俺は駅前の開けた場所を、うろ覚えの店の方向へ向かって歩きだした。

その時、ゆっくりと歩く人々の向こうに、頭一つ抜けた一つの顔が見えた。

木曽さんだ。

会えるなんてラッキーだ。

ランチがまだだったら一緒に、と声を掛けてみようか。

そう思って彼の姿に近づいて行った足が、途中で止まる。

木曽さんは、一人ではなかった。

彼の隣に、女性がいる
ショートボブじゃない。すごい美人だけど、綺麗にカールした髪が胸元で揺れている。

背の高い木曽さんの隣に立っても遜色のない美しい女性。明るいクリーム色のコートを、前を開けて着ていて、手にはブランドショップの紙袋を提げている。

あれは駅前のファッションビルに入ってるブランドだ。

その時、頭の中で彼女が『冴子』だ、と声がした。電話で、何でも買ってやると言っていた相手だ、と。

しかも二人は立花さんが言っていたように、腕を組んでいた。

胸が……ドキドキする。

これはどういうことなのか、と混乱する。

立花さんが銀座で見たショートボブの女性と、目の前のカールした髪の女性は同一人物なのだろうか？　女性の髪形なんて、ウイッグ一つで変えられるし。

木曽さんは、銀座では相手が勝手に組んできたと言っていたが、いつまでたってもその腕を振りほどくそぶりは見せない。

勝手に腕を組んできたのだとしても、それを拒んではいないのだ。

俺は、ふらふらと二人の後を追った。

二人は何かを話し合っていて、後ろにいる俺には気づいてない。

木曽さんが一方的に怒っているように見えたが、女性が腕を組んだまま彼を肩でこずくと、ムッとして口を閉じた。

すると今度は女性の方が色々と話しかけている。

どこから見ても、カップルとしか見えなかった。

学生時代に、木曽さんとあんなふうに会話できるような女友達はいなかった。俺が全てを知っているわけではないけれど、もっとサバサバした感じの付き合いの女性しか見たことがなかった。

仕事関係の人だって、あんな美人はいない。

俺はずっと彼のスケジュールを管理して、ミーティングなんかにはずっと付き合っていたが、見たことがない。

二人は、そのまま広場を突っ切ってホテルへ入って行った。

ホテル……。

そこで俺は踵を返してその場から離れた。

ホテルと言ったって、駅前にあるのは高級ホテルだ。ラブホテルなんかじゃない。いかがわしい場所じゃない。

今はランチタイムなのだから、ホテルのレストランに食事に入っただけかもしれない。ショップだって入ってるんだから、買い物の続きかも。

中で別の人が待っていて、合流するのかもしれない。

言い訳は幾つも浮かぶのに、胸のドキドキは止まらなかった。

木曽さんが、女性と腕を組んで歩いていた。腕を組むことを許していた。怒るように話していたのに、彼女が身体を寄せただけでその怒りを消した。

一方的に喋ることも許していた。いつもなら、女性がそんな態度をとったら。うるさいとか言って離れていくのに。

彼女は、どんな態度でも許せる相手なのか。

そんな存在の女性がいたのか。

ショックを受けていることが、ショックだった。

俺に恋人になれってあれだけ言っていたのに、俺自身が欲しいとか必要だとか、愛してるって言ったくせに、特別な女性がいるんじゃないか。

いや、戸部さんという恋人がいるのに。

いつもなら、怒る理由は『戸部さんが……』と思うのに、自分の感情が先に立ったことも、ショックだった。

このことを……、戸部さんに報告するべきだろうか？

戸部さんに言ったら、『ああそれは誰々だよ』って言われて解決するだろうか？

でももし、戸部さんも知らない相手だったら？

二人が恋人同士で、そこに割って入ってきた女性だとしたら？　俺でさえダメージを食らってしまったのに、戸部さんはどう思う？

もっと傷つくかも。

いや……、看病を託した人物があの女性だったとしたら……。

わからない。

何もわからない。

俺は適当な店に入って、流し込むようにランチを済ませて会社に戻った。

きっと気にするほどのことじゃない。

特別なことじゃない。

ただ受け取る俺が、気にするようになってしまっただけだ。

仕事をしてれば、やがて忘れてしまうようなことに違いない、と。

けれど、これはそんなに単純なことではなかったようだ。

午後になっても、木曽さんは戻って来なかったのだ。

更に、備品を取りに総務に向かった俺を、お姉様達が待ち構えていた。

「深田くん、木曽さん戻ってきた？」

「え……、昼前に出てってからまだ戻ってませんけど」

「ああ、やっぱり」

「見間違いじゃなかったのよ」

悲鳴にも近い声が上がり、俺の心はざわついた。

「どうか……、したんですか？」

俺が訊くと、近くにいた女性がグッと顔を近づけてきた。

「木曽さん、もの凄い美女と歩いてたのよ」

彼女達も見たのか。

いや、女性たちの方がランチに駅前まで行く確率は高いのだから当然か。

「しかもホテルに入ってってたのよ」

「ホテルって、駅前のホテルですか？」

俺は自分が見たことは言わずに聞き返した。

「あそこならちゃんとしたホテルなんだから、知り合いと待ち合わせたとか、レストランに入ったとかかもしれませんよ」

自分に言い聞かせた言い訳を口にする。

だが彼女達は受け入れなかった。

「そうじゃないのよ。わたし、後をつけたんだけど、二人でホテルのブライダルフェアに入ってったの」

ブライダルって……、結婚？

「深田くん、その辺のこと聞いてない？」

「相手の女性、誰だかわかる？　モデルとか？」

「腕まで組んでたのよ」

「俺は……、知りません。ブライダルの仕事も入ってないと思います」

色めき立つ彼女たちの声が、だんだん遠くなる。

「木曽さん、結婚しちゃうのかしら？」

「だって、女性に冷たい彼が、自分のことじゃないブライダルフェアに行くと思う？」

「そうよねぇ、お似合いの美男美女だったし」

「ショック、社内からイケメン独身が一人失われちゃうなんて」

彼女達の言葉の一つ一つが、胸に刺さる。

そうかも、と同意を示してしまう。

「深田くん、お願い。あの女性が誰なのか訊いてきて」

「どうしてブライダルフェアに行ったのかも」

「プライベートなことは……」

断ろうとすると、みんなが手を合わせて俺を拝んだ。

「お願い」

彼女達に必死にお願いされたから、俺が説明を求めるのは仕方のないことだ。

「答えてくれるかどうかわかりませんよ？」

俺が知りたいんじゃなくて、彼女達が知りたいんだ。

「それでよければ、聞くだけ聞いてみます」

「ありがとう！」

俺は気にしてないけど、お姉様たちのために訊くんだ。

とはいえ、当の木曽さんが戻って来なかったので、尋ねるチャンスはなかった。

彼が戻ってきたのは、終業時間ギリギリで、パソコンを落としに戻ってきたようだ。

「木曽さん、今日この後時間ありますか？」

「珍しいな、深田からのお誘いか？」

「よかったら、夕飯一緒に食べませんか？」

「いいぞ。あっさりしたものがいいな」

それは、昼間あの女性とこってりしたものでも食べたからですか、と訊きそうになって言葉を呑み込む。

木曽さんは、嬉しそうだった。

俺が誘ったからか、それとも昼間のことを思い出してなのか。

「タクシーで行くか?」

「いえ、歩いて行けるところです。前に打ち合わせで使ったところですから、木曽さんも行ったことがありますよ」

ゆっくり話がしたかったので、その店に行きたかった。

自分はそういう店をあまり知らなかったので、その創作和食の居酒屋しか思いつかなかったのだ。

寒くなった夜の街。

駅とは反対の方向へ少し歩いた場所にある。入り口の小さな店に着くと、彼も思い出だしたようで、「鮭の西京焼が美味かった店だな」と言った。

予約はしてなかったがテーブル側の個室が取れて、座席に案内される。

「少し飲むか」

「飲み過ぎないでくださいよ」

「安心しろ、もうあんな醜態はさらさない」

ビールと料理を頼むと、木曽さんは思い出したように俺を見た。

「で、何か話があるんだろ?　何だ」

どうやって切り出そうか迷って。ストレートに訊いた。

「今日、女の人と歩いてたでしょう。どなたなんですか？」

「見たのか？」

「女子社員が見かけたようです。俺も見かけました」

木曽さんは舌打ちした。

「また女共に訊いてこいって言われたのか」

「はい。ホテルのブライダルフェアに二人で入って行ったけど、あれは誰だったのか訊いて欲しいって」

ビールと最初の料理が運ばれてきて、一旦会話が切れる。

「知り合いだ。連れが来られないから付き合ってくれと言われただけだ」

「腕、組んでましたよね？」

「腕ぐらい組むだろう」

「立花さんが見た銀座の女性と同じ方ですか？」

「どうでもいいだろ」

戸部さんがいた時と違って乾杯はなく、彼はジョッキに口を付けた。

「もう面倒なことは引き受けるなって注意しただろう。訊いたが答えなかった。知り合いらしい、でいいだろ」

「ただの知り合いじゃないんでしょう？」

「前にも言ったはずだ。お前が訊きたいんじゃないなら、答える必要はない。わざわざ誘うから何かと思ったら……」

「俺が訊いたら、本当のことを答えてくれるんですか？」

料理に伸ばした彼の箸が止まる。

「気になるのか？」

「気になります」

俺はちょっと笑みを浮かべたが、すぐにそれを消した。

「本当に？　訊いてこいって言われたから努力しようとか考えてるんじゃなく？」

彼女達が訊いてこいと言ったから来た、では答えはもらえない。話題の切り口に使わせてもらっただけでよしとしよう。

知りたいのが自分なら、自分で訊かないと。

「女性とお付き合いしている話を聞かない木曽さんが、美女と腕を組んでホテルのブライダルフェアに行った、と聞けば気になります」

木曽さんはフフン、と鼻を鳴らした。

「そこは『俺というものがいながら』ぐらい言えよ」

「言いませんよ」

俺もビールで喉を湿らせる。

「俺が訊くなら教えてやる、俺に嘘はつかない、でしょう？」

「言った」

「じゃ、教えてくれますよね？」

彼は首を回してから、またビールを飲んだ。

「誰にも言わないと約束するなら、お前にだけは言ってもいい」

「事務のお姉様達には言うな、ってことですか？」

「そうだ」

「わかりました。約束します」

ごめんなさい、お姉様達。教えてあげられないけれど、それはプライバシーということで許してください。

俺は。信じてた。

彼が『言う』といってくれるなら、本当のことを言ってくれるだろうと。

自分が彼にとって特別な扱いをされているとも思っていた。

「銀座と今日のは別の女だ」

なのに、彼は嘘をついた。

「二人とも妹だ」

すぐバレる嘘を。

「妹……さん？」

「ああ。ブライダルフェアは付き合わされただけだ。この間のインフルの時に来てくれた礼だって言われてな」

戸部さんが看病を頼んだのはやっぱりあの女性だったのか。

「銀座の妹さんとは？　何故出掛けたんです？」

「大学卒業記念に何か買ってくれって言われたんだ」

「女子大生、ですか……」

「ああ」

どうして、本当のことを言ってくれないんです？

俺には嘘を言わないっていうのが嘘なんですか？

あなたに妹さんがいるわけないじゃないですか。

あなたをよく知ってる戸部さんが、『一人っ子』だったって教えてくれましたよ。今までだって、一度も妹さんの話なんか出なかったじゃないですか。二人もいるのに。

「信じてないのか？」

表情を硬くした俺に、彼が訊いた。

「信じられません。戸部さんが兄弟で、美女二人が妹だなんて」

今度は彼の表情が固まる。

「戸部から聞いたのか？」

「あなたが言ったんですよ。酔っ払って」

「俺が？」

彼は思い返そうとするように、目を瞬《しばた》かせた。

「そうか……。それでも黙っててくれたんだな」

「嘘をバラまくわけないでしょう。あの時は、酔ってるから嘘をついても仕方がない。でも今は素面でしょう。まだジョッキ一杯も飲んでない。なのにそんな見え透いた嘘を言うなんて、ガッカリです」

「嘘じゃない」

「じゃあ、俺にもわかるように説明してください。どうして誕生日が二カ月しか違わない戸部さんと兄弟になるんです？　何故二人の名前が違うんです？　戸部さんのご両親は離婚も再婚もしてない。戸部さんの兄弟もあなたの兄弟なんですか？　あなたの妹だって言うんなら、あの二人は戸部さんの妹でもあるわけですよね？」

「それは……、言えない」

「どうしてです？　俺が訊いたら本当のことを教えてくれるんでしょう？」

「嘘は言わない。だが言えないこともある」

無言のまま、二人睨み合う。

胸が、痛い。

特別だと思い上がっていた分、嘘をつかれて悲しかった。

冗談を信じていた自分が惨《みじ》めだった。

木曽さんは嘘ばっかりだ。本当なんかない。

「あなたが、女性と付き合うのは自由です。ご結婚なさるのもいいでしょう。だったら、もう二度と俺のことを好きだなんて冗談は言わないでください」

「深田」

「俺は……。本気で知りたいと思いました。俺を好きだって言ってくれた人が、女性とブライダルフェアに行ったと聞いてショックでした。俺なんかよりもっと親しい人がいるのに、どうして俺を好きだなんて言うんだろうと思いました」

「深田」

「でももういいです。本当のことを教えてもらえないなら、もう黙っててください。俺のことをからかわないでください。俺を惑わせないでください」

「惑わったのか？」

嬉しそうな顔なんかするな。

腹立たしいだけだ。

「ええ、惑いましたよ。『普通』に木曽さんのことは好きでしたから。でももう好きでも何でもありません」

「お前を気に入っているのは本当だ」

この期に及んでまだそれを言うのか。

「幾つもの嘘を重ねる人の言葉が信用できる、と？」

「……嘘じゃない」

「全員兄妹だと言うなら、事情を説明してください」

「それは言えない」

「どうして？」

彼はそのまま黙り込んでしまった。

それでも、何か言ってくれるのでは、という淡い期待が残っていて、俺は待った。

離婚でも再婚でも養子でも、説明できない理由なんかないだろう。事実があるなら言ってくれるだろうと。

でも沈黙が続いただけだった。

「誘っておいて失礼ですけど、俺は先に帰ります」

「深田」

「お疲れ様でした」

料理がテーブルに残っていても、支払いをしなくても、木曽さんが悪いんだからもういい。気になんかするものか。

俺は席を立ち、そのまま店を出た。

木曽さんが、好きだった。

これが恋愛になっていたのかどうかははっきり言えないけれど、少なくともそれに近いところまで好きだった。

彼の言葉を信じたから。

俺を愛してると繰り返す彼を信じたから。

でもこれ以上は彼に近づくことはできない。もっともっと好きになってしまった後に、『お前を愛してるなんてのは嘘だ』と言われるのが怖い。

いくつも嘘がつける人だから、何を言われても、これも嘘かもしれないと疑いながら付き合うことなんてできない。

全部本当のことを言ってくれれば、俺だって本当の気持ちを伝えたのに。

ゆっくりと、駅まで歩いた。

もしかしたら木曽さんが追ってきてくれるんじゃないかと、わずかに期待して。

けれど、駅に着いた時には、もう笑うしかなかった。

期待していた自分を。

彼の『愛してる』はやっぱりこの程度だったのだ、と……。

「何？　深田。木曽とケンカでもした？」

木曽さんが黙って席を外した後、真後ろの席から立花さんが訊いてきた。

「してませんよ」

これは本当。

ケンカなんかしていない。

「でもここんとこずっとあんまり会話してないじゃん」

「仕事の話とかしてます」

「仕事の話だけだろ？」

よく見てるな。

「ケンカはしてないですけど、俺を不機嫌にさせることをしたので、冷却期間です。俺の気が済んだら元に戻れます」

「木曽が黙ってるってことは、自分が悪かったたって自覚があるんだな。気が済んだら許してやれよ？」

「立花さん、木曽さんに優しいんですね。嫌いなのかと思ってました」

石塚が茶々をいれると。

「嫌いじゃない。木曽のがいい仕事してるから、妬んでるだけだ」

「妬むなんて平気で言えるんですね」

「当然だろ。いいか若人よ、妬むって気持ちは大切にしろ。悔しいから頑張るって原動力になるから。ただし、妬ましいから足を引っ張ってやれ、はダメだからな」

基本いい人なんだよな、立花さん。

「仕事だけなんですか、妬んでるの。イケメンのところは？」

石塚が更にからかう。

この二人も、いい関係を築いてる証拠だ。

「ばーか、俺だってイケメンだろう」

「俺も立花さん、イケメンだと思いますよ」

俺が言うと、立花さんは機嫌よく俺の頭を撫でてくれた。

「よしよし、何か困ったことがあれば相談しに来なさい」

「立花さん、俺は？」

「石塚は困らなくてもすぐ相談に来るだろう」

立花さんは石塚の頭も撫でてやった。

「そういえば、今朝、年を取るならこう取りたいって感じのフェロモン系おじさん見たなぁ。あれも羨ましかった」

立花さんがまたボソッと呟く。

それを引き取ったのは、また石塚だ。

「立花さん、何でも羨ましいんですね」

「お前だって見たらビックリするぞ、石塚じゃ羨むこともできないくらいくらいタイプが違うけどな」

「何ですか、それ」

内線の電話が鳴って、俺は二人の会話から離れた。

「はい、深田です」

『ちょっと社長室来てくれ』

戸部さんか。

「すぐ行きます」

立花さんみたいに、木曽さんとのことを言われるのかな。

説明しにくいなあ。

そういえば、戸部さんは木曽さんと女性達のことは聞いているんだろうか？　だとしたら木曽さんは戸部さんに何て説明したんだろう。

「失礼します」

社長室には、戸部さんしかいなかった。

覗いてこなかったけど、木曽さんは喫煙室か。

「悪いな、仕事中に」

ってことはプライベートなことか。

「いいえ。それで、何でしょう？」

「うん、木曽の様子がちょっとおかしいんだが、気づいてたか？」

やっぱりそこか。でも木曽さんが何も言っていないのなら、俺から言うことはない。

「そうですね。ちょっと気落ちしてるみたいです」

「気落ち、か……。イライラしたり怒ったりしてる様子はないか？」

「いいえ。そういうふうには見えませんでした」

「そうか、それならいいんだ」

俺が考えていたことと、違うのかな？

木曽さんは、俺とのことを何も言ってないのかな。

「深田、悪いが木曽のことを注意して見ててくれないか？　突然どこかへ出掛けたり、変な電話をしてたら、すぐに教えて欲しいんだ」

「……何かあったんですか？」

戸部さんはちょっと考えてから言葉を選んで言った。

「木曽が……大嫌いな人間がいてな。ずっと海外にいたらしいんだが、最近東京で別の知り合いの前に姿を見せたというんだ。二人が出会うと、ちょっとマズイことになるんじゃないかと心配してる」

誰なのか、何が起こるか、説明してくれなかった。

木曽さんと一緒にいたくないんだけど、戸部さんに頼まれると断れない。

「わかりました。気に掛けておきます」

話しかけず、見てるだけならいいだろう。

「頼んだぞ。じゃ、戻っていい」

「はい」

社長室を出ると、俺はため息をついた。

よく考えろ、俺。

嘘をついたことは許せないし、それで木曽さんの言うことを信じられなくなったとしても、被害が出たわけではない。

傷ついたのは自分が勝手に彼を信じたからだ。信じなければ冗談で済む話だった。

だから、これ以上彼に冷たく当たるのは八つ当たりだ。

自分で自分を納得させて、俺は喫煙室へ向かった。

ガラスの扉を開けると、木曽さんはまた電話中だったが、構わず中に入る。

「誠《まこと》くんには何も言わなくていいと思います。ええ、警察を呼んでもいいと思いますよ」

……また警察の話。前に『冴子』さんと話してる時もその単語は聞こえたな。

木曽さんは俺に気づくと、手で待てと合図して会話を続けた。

「一度断ってるんですから。誠くんに話をする時には、俺と戸部が同席してもいいですし」

戸部さんの名前、ということは仕事か。

「いえ、こちらこそ申し訳ないです。はい……、ありがとうございます。それでは」

電話を切って、彼が俺を見る。

「呼びにきたのか」

「お誘いです。向かいのカフェで、エビのサンドイッチが期間限定で始まったんです。一緒に行きますか？」

「俺を誘ってるのか？」

驚いた声。

「そうですよ」

戸部さんに言われて、あなたを見張ってなきゃいけないですしね。ランチタイムに目を離さないためには仕方なく、です。

「……深田は、俺を見捨てないのか」

「何です、見捨てるって」

「俺を嘘つきだと思って嫌ってても、仕事のために許容できる、か」

「違いますよ。俺は嘘をつかれたことを怒ってるだけです。木曽さんが本当のことを説明してくれればそれも許します。くだらないことを言わなければ、木曽さんはまだ、あこがれの先輩ですから」

木曽さんはフッと笑った。

「……また置き去りはごめんだぞ」

「今日はワリカンでいいです」

「おごってやるよ」

彼は俺の背中をポンと叩いて先に出て行った。

俺も後に続いて喫煙室を出て、彼の少し後をついて歩く。

まだ隣には並べなかったけど、彼もそれを咎めなかった。

向かいのカフェで窓側の席に座り、期間限定のエビのサンドイッチを食べた。

話題は仕事のことと、料理のことで、まだぎこちなさは残ったままだった。

さっきの『俺を見捨てないのか』という言葉を聞いた時、頭の中にあの無味乾燥な部屋を思い出してしまった。

彼は、誰かから捨てられてあそこで一人で暮らすことになったのかも。

戸部さんの両親から？　いや、それはあり得ないだろう。木曽さんの両親が戸部さんと二人とも捨てて戸部さんはいい家に拾われた……。

それもないな。二人は二ヵ月しか誕生日が違わないのだから。

こんなことを考えてしまうのは、まだ木曽さんの言葉を信じようしてる自分がいるからだ。もう考えなくてもいいのに。

食事を終えてオフィスに戻ると、立花さんと石塚はいなかった。

そのうち石塚は戻ったが、立花さんは帰ってこなかった。

「立花さんは?」

「駅前に新しくできたドナーツ屋に並んでる。俺のも買ってくれるっていうから許した」

立花さんらしい。でも多分、目的は石塚の分じゃなくて女性達の分だろうな。

どんなドーナツ屋なのか興味が湧いて　スマホで調べようとポケットに手を入れた。

「あ、いけね」

「どうした?」

「カフェにスマホ置いてきちゃったみたいです。ちょっと取ってきます」

さっき話をしてる時にテーブルの上に置いたよな。向かいのカフェなら顔なじみだから気づいて取っておいてくれると思うんだけど。

カフェに入ると、俺が何か言う前に店員が「スマホですね」と笑ってスマホを差し出してくれた。

そのまま戻ろうとした時、ビルの入り口の前で、突然肩を叩かれた。

え？　と思って振り向くと、背の高い、物凄いカッコイイオジサマが立っていた。彫りの深い顔立ちに目鼻立ちもしっかりしていて、ストライプのスーツが似合ってる。

「君、『NOT　SIX』の子？」

フェロモン系のオジサマは俺に訊いた。

「はい、そうですけど……」

フェロモン系……。立花さんが見たと言ってたのは、この人かな？　と思った時、捕まってる俺の横を、立花さんが紙袋を提げてビルの中に入って行った。

チラッとこちらは見たけれど、相手の人に挨拶はしなかった。仕事関係の人じゃないのか？

「君、進也知ってる？　戸部進也」

「はい。社長が何か……」

「ちょっと呼んできてくれないかな」

「あの……、失礼ですが、どちら様でしょうか？」

「父親だよ。進也のパパ」

「え？　戸部さんの？」

二人の印象が違うので、思わず驚きの声を上げてしまった。

顔の彫りが深いところは似ていると言えなくもないが、雰囲気が全然違う。

戸部さんはスポーツマンっぽい明るい感じなのに、目の前の人はイタリア人の色男といった感じだ。

「戸部さん？　もしかして、君進也とも親しいのかい？」

「失礼しました。大学の後輩です。いつも戸部さんにはお世話になっております」

半信半疑ではあったが、俺は挨拶して頭を下げた。

「いやいやこちらこそ。それで、悪いんだけど、進也を呼んできてくれないかな」

「社長のお父様でしたら、どうぞ社内の方に。ご案内します」

「いやいや、二人だけでこっそり会いたいんだ。誰にも気づかれないように呼び出してきてくれないかなあ」

「どうしてですか？」

「中にね。おっかない子がいるから」

「おっかない子、ですか？　そんな者はいないと思いますが……」

「あ、今ちょっと疑っただろう」

「いえ、そんな」

彼は俺の肩に腕を回してきた。

妙に親しげな人だ。

「進也にこう言えばわかるよ。パパが二人きりで会いたいと言ってる。冴子の結婚式のことで話があるってね」

……冴子。

「頼むよ、可愛い子ちゃん」

言いながら、彼は俺の耳にキスした。

「な……！」

何をするんですか、と言う前に俺の目の前を何かが横切り、オジサンは道路に吹っ飛んだ。

「ブッ殺してやる！」

物騒なセリフを口にしたのは木曽さんだった。

「木曽！」

続いて立花さんが駆けつけて、木曽さんを羽交い締めにする。

「何やってるんだ！　止《よ》せ！」

「離せ！」

「木曽！」

オジサンは殴られた顔を撫でながら立ち上がった。

「相変わらず暴力的だな、義人」

この人……、木曽さんのことも知ってる？

「木曽！　もう一発殴られたいのか！」

「喋るな！　人が見てる。暴力沙汰で会社に泥を塗る気か」

立花さんの言葉に、オジサンはニッと笑った。

「そうそう。大切な進也の会社の人間が、暴力沙汰なんか起こしちゃいけないな」

この人……。もしかして戸部さんが言っていた、木曽さんが嫌ってる人なのか？

そこへ戸部さんが石塚と一緒にやってきた。

「木曽さん」

戸部さんは、戸部さんの父親だと名乗ったオジサンの前に立って、その人をそう呼んだ。

「ああ、進也。久し振りだな。パパだよ」

「喋るな！　てめぇは何も言うな！」

落ち着いている戸部さんと、興奮している木曽さん。

戸部さんの父親と名乗った人を、戸部さんは『木曽さん』と呼ぶ。これは一体どういうことなんだ？

「深田、石塚、手を貸せ」

立花さんの声に、俺と石塚も木曽さんを押さえるのを手伝う。

「木曽さん。あなたは俺の父親ではありません。もう誰の父親でもないんです。あなたが罪を犯した時から」

「親が子供に小遣いをせびって何が悪い？　立派に会社の社長になったんだ、少しぐらい私に融通するのが息子という……」

「あっ！」

オジサンが話している途中で、木曽さんは俺達三人を振り切って、再びオジサンに殴りかかった。

「義人！」

今度は戸部さんも加わって、四人掛かりで引き離す。

「立花、警察を呼べ」

「でも社長」

「いい。この男は警察に引き渡す」

「おいおい、嘘だろう？　進也」

「冴子の両親があなたを訴えたんです。脅迫罪と名誉棄損で。すぐに誠と良一《りょういち》の両親も同じことをするでしょう。警察を呼ばれたくなければすぐに立ち去ってください」

「私は何も悪いことなどしていない！」

「あなたはもう、犯罪者です。いいえ、最初からそうだ。これからは、あなたを見たらすぐに警察に通報します」

「……わかったよ。今日のところは立ち去ろう。今度ゆっくり話し合おう」

「今度はありません。二度とあなたと話し合うつもりはない。俺達全員」

オジサンは顔を強ばらせて、何も言わずに立ち去った。

その姿が見えなくなるまで、戸部さんはじっとオジサンを見送っていたが、彼が完全に消えると、ホウッとため息をついた。

「すまなかったな、立花」

「あれ、社長の親父さんですか？」

「違う！」

立花さんの言葉に、木曽さんが激しく吠える。

「義人。俺の父親『だった』人だ。もう無関係で、付きまとわれて困ってる。今度見かけたらすぐに俺に言ってくれ。俺がいない時は警察に通報していい」

「何て言って通報するんです？」

「ストーカーとでも言ってくれればいい。警察に捕まれば、別件で被害届が出てるはずだから、捕まえてくれるだろう」

「違う。あの男は戸部の父親なんかじゃない。あいつは俺の親父だ。戸部は無関係だ」

「もういい。今日はもう帰れ。深田、悪いがこいつを家まで送り届けてくれ。途中で逃げ出さないように」

逃げ出す、ということはさっきのオジサンを追わないように、という意味だろうか。

「石塚、今の話は『何にも聞いてない』な？　俺にも何も聞こえなかった」

立花さんはそう言って木曽さんから手を離した。

「誰にだって色々事情はあるもんだ。俺は警察沙汰に首を突っ込みたくない人間なんで、聞かなかったことにしますよ、社長」

「ありがとう」

「会社が上手く回ってくれて、ちゃんと給料を払ってもらえればいいんです」

「頑張るよ」

石塚も戸部さんも手を離し、去ってゆく。

残ったのは、俺と木曽さんだけだった。

「帰りましょう、木曽さん」

俺だけは腕を離さず、彼を促した。

「俺、一緒に行きますから」

まるで魂が抜けたように、彼はぼんやりとした表情のまま、俺に引かれてゆっくりと歩きだした。

「説明……、してやるよ……」

と短く呟いて。

タクシーの中でも、彼は人形のように無表情のまま黙っていた。

いつもなら、金は俺が払うと言うのに、到着してもぼんやりしていて、俺がタクシー代を払って「降りますよ」と言うまで動かなかった。

看病に来た時に聞いた暗証番号で入り口を開け、エレベーターを使って上にあがり、貰った合カギで玄関を開ける。

ドアを開けると、彼は先に中へ入って寝室のベッドの上に腰を下ろした。

ワークデスクしかなかったリビングには小さなテーブルセットが置いてあった。

黒い丸テーブルと、黒い背もたれ付きのスツール。

俺が言ったから、彼は椅子を買ったのだ。俺や戸部さんを招くために。

俺は彼を追って寝室へ入り、彼の隣に座った。

「ごめんなさい」

俺が謝ると。彼の目に色が戻る。

「どうしてお前が謝る？」

「本当のことを言ってたのに、ずっと嘘つきよばわりしたからです」

彼は長いため息をついた。

「あれが……、俺たちの父親だ。俺と進也は、父親が一緒なんだ」

「妹さん達も？」

「そうだ。兄弟はわかってるだけで十二人いる」

「十二人？」

俺が驚くと、彼は自嘲気味に笑った。

「ビックリだよな？　しかも全部母親が違うんだから」

「お父さんは、十二人もの女性と結婚したんですか？」

「結婚したのは俺の母親だけだ。だからあの男の姓である木曽を名乗るのは俺だけだ。それでよかったと思ってる」

「全部聞きますから、話してください」

「胸クソの悪い話だ」

「それでも、俺は聞きたいです。木曽さんの言葉を信じるためには、全部聞いて納得したい」

「俺の言葉を信じたら、どうする？」

「俺の気持ちもハッキリすると思います」

「……じゃあ話さないわけにはいかないな」

彼は正面を見つめ、膝の上で手を組んだ。

話すことに勇気がいるのだろう、すぐには口を開かなかったが、俺が組んだ手の上に手を重ねると、ポツポツと話し始めた。

「俺の母親は結構な名家のお嬢様だった……」

木曽さんの母親は世間知らずのお嬢様だった。

あの父親に一目惚れして、家族の反対を押し切って結婚した。

だが、あの男の目的は木曽さんの母親ではなく、母親の実家のお金だった。

家から金を持ち出すように言われ、その通りにしていたが、親がそれを許さなくなるとあの男は家に戻らなくなった。

その時には、戸部さんの母親と付き合っていたのだ。

戸部さんの母親も、裕福な家庭の娘で、目的はやはりお金だった。

ただ、木曽さんの母親の家の方が金持ちだったので、離婚はしなかった。いつか、親が死んだら財産は娘である木曽さんの母親、つまり自分の奥さんに入ると思っていたからだ。

木曽さんの母親の実家は、娘を連れ戻したが、その時にはもう木曽さんは生まれていた。

娘は実家に引き取り、弁護士を立てて離婚を成立させた。

だが、憎い男の息子である木曽さんは引き取らなかった。

彼は、父親の元に残されたのだ。

そこから、木曽さんは父親の所業をずっと見ていた。

「一言で言えば、結婚詐欺師だ。ルックスだけはいいから、女はすぐに引っかかった。騙して、金を引き出して、金が取れなくなったら捨てるの繰り返しだ。引っかけた女が何人いたかわからない」

そして木曽さんが高校に上がる時、木曽さんは意を決して母親の実家を訪れて、高校の進学を援助して欲しいと申し出た。

既に母親は再婚し、新しい家庭があった。再婚相手には木曽さんの父親とのことは黙っていたので、口封じのために実家は彼にお金を出した。

もう二度と尋ねてくれるなと言って、大学卒業までのお金とこのマンションの部屋が与えられた。

以後、一度も母親の実家とは連絡を取ってはいない。

どこで聞いたのか、父親は木曽さんの学費を狙って姿を現した。

「憎くて、顔を見た途端殴ったよ。その頃にはもういい体格に育ってたからな、ボコボコにしたよ。その時、捨てゼリフで子供はお前だけじゃない。他のガキはもっと優しいと言ったんだ。それで自分に兄弟がいることを知った」

戸部さんの母親のことは薄々知っていたので、まず最初に戸部さんの家を訪れた。

戸部さんの母親は戸部さんを連れて今のご主人と結婚していたので、木曽さんはご両親ではなく戸部さんに話をすることにした。

お前の父親だと名乗る男が現れて、お前かお前の両親から金を引き出そうとするだろうから、姿を見せても話に乗るな、と。

戸部さんの母親は夫となった人にも、息子にも全てを話していたので、戸部さんは木曽さんの話を真剣に受け止めてくれた。

「お前もわかってるだろうが、進也は熱血バカでな。一緒に他の兄弟を探そう、俺達は兄弟だと言って。当時の俺にはそんな言葉は胡散臭くしか聞こえなくてな。でも兄弟探しには人手が欲しくて手を組んだ。だが調べなきゃよかったと思ったよ」

「どうしてです？」

「兄弟が多過ぎて。その数だけあの男が女を食い物にしたってことだ。そしてその男の血が自分に流れてるってことだからな」

「親子だって、別人格です。あの人と木曽さんは全然違います」

俺の言葉に彼はやっとこちらを見て微笑んだ。

「取り敢えず、親父の相手になった女性達に話を通した。あいつが金をせびりにあなたや子供の前に姿を現すかもしれないと。その時、何人かは兄弟とも顔を合わせた」

「銀座の女性と冴子さんですか？」

「そうだ。既に何人かの前には姿を見せてたらしいがな。殺してやりたいと思ったよ」

さっきの様子を見れば、その言葉は本当だろう。

「俺は騙される女が嫌いだ。自分が選んだことを他人のせいにして。自分の失敗は他人のせいにして、投げ捨てる人間が嫌いだ。母親が俺を置いて行く時に言ったセリフは『あなたが生まれなければもっと早くやり直せたのに』だった」

「酷い！」

「ありがとう。あんな父親とそんな母親の間に生まれた自分が嫌だった。そんな時に、進也は俺を愛してると言ってくれた。親のことなんか忘れろ、自分がちゃんと愛してるから前だけ見てろと」

……あの時だ。

そうか。あの『愛してる』は本当に兄弟としての愛してるだったんだ。あの男とは前の彼氏なんかじゃなくて、父親のことだったんだ。

「それでも、俺はあいつを殺してやりたかった。それを止めたのはお前だ」

「俺？」

唐突に自分を引き合いに出され、驚いた。

「お前は忘れてるだろうが、進也に愛してるから全てを忘れろと言われた日、お前と部室で一緒になった」

覚えてる。他愛のない、冗談のような会話をした。

からかわれていると思った会話だ。

「お前のことも嫌いだったから、何と言うのかと思って自分の本当の気持ちを口にしてみた。『殺したい相手がいる』、と。きっとそんなことはしてはいけないと言うだろうと思った。だがお前は『殺したらいいじゃないですか』と言ったんだ」

あの時のことが頭に浮かぶ。

彼は、部室に一人でいた。

テーブルに頬杖をついて、何だお前かという目を向けた。それから何かを思い出したように身体を起こして俺を見て言ったのだ。

『俺、殺したいヤツがいるんだけど、どうしたらいいと思う？』

って。

またからかわれてると思った。

でもあれが彼の本当の気持ちだったのか。

「驚いたよ。だがお前はこう続けた。『ただし、そいつを殺せばあなたは殺人犯です。殺した後は刑務所暮らしか、悪くすれば死刑です。自分の人生の全てと秤《はかり》にかけて殺す価値があるかどうか、ですけどね』。殺す価値がある男かどうか、という考えはなかった。言われて初めてそのことに気づいた。殺せば、またあいつのせいで自分の人生を台なしにするのかと」

返した言葉は覚えていないが、自分ならそう言っただろう。

「『そいつを野放しにしておくと困る人間がいるんだ』と言ったら、『それなら殺人を犯すより、自分は困らされた人達を助ける側に回ります』と。『他人を殺すより、他人を助ける方が絶対に充実した人生が送れますから。助かった人の喜ぶ顔を見て暮らす方が、いいです』と。頭を殴られたような気分だった。自分には全くない考え方だった。それで、お前に惚れた」

俺を……、好きになった理由。

「とはいえ、すぐに愛してると思ったわけじゃない。その後ずっと深田を見ていて、お前の言葉が本当のお前の考え方なんだとわかってから、欲しくなった。深田が側にいれば、俺はあいつを殺さないで済む。自分の人生を歩むことができる。戸部が会社を立ち上げる時に協力を申し出たのもお前の言葉があったからだ。戸部の喜ぶ顔を見て、俺も嬉しかった。お前の言葉は正しいと思った」

戸部さんの『愛している』ではなかった。彼が変わったのは、俺の言葉だった。

俺を好きだという理由が、ちゃんとあったのだ。

しかも、もうずっと以前から。

胸が苦しくなるほどの喜びが湧いてくる。

「あいつが結婚詐欺で訴えられて刑務所にいる間は、存在も忘れることができた。だがあいつが出てきたという連絡が入った。冴子、妹のところに姿を見せたんだ」

木曽さんの目に、怒りの色が浮かぶ。

「冴子の結婚相手が金持ちだとわかると、あいつは冴子の両親を脅しに行った。冴子が犯罪者の娘と知られたくなければ金を出せ、と。アイツのアテが外れたのは、冴子が相手の男に全部打ち明けてたってことだ。俺は警察に連絡しろと言った。強請だからな」

あの電話はその時のものか。

では誠、という人の話をしていたのもそれに違いない。誠は、彼の別の弟なのだ。

「どうして……、もっと早くそれを全て話してくれなかったんです？」

「怖かったからだ。あんな男の息子だと知られるのが。俺はいい。俺も大した男じゃないからな。だが戸部は違う。会社の社長になって、他人の信頼も必要だ。詐欺師の息子と知られちゃいけないと思った」

だから、さっき戸部さんの父親だと言う男に『黙れ』と繰り返したのか。

「戸部の母親は、今のダンナには全部話していたが、周囲には結婚前に他の男の子供を身ごもったという話はしていなかったしな。あいつんとこは、凄くいい家庭なんだ。おじさんも、おばさんも、何も知らない弟や妹も」

いつの間にか、彼は俺の手をしっかりと握っていた。

その手が少し汗ばんでいる。

「戸部さんが言ってました。あの人を警察に訴えた人がいるって。多分戸部さんが社長になったって聞いて来たんでしょうが、もう姿は見せないでしょう。姿を見せたら、警察に捕まえてもらえばいいんです」

「俺は犯罪者の息子だぜ？　女を食い物にした男の血が流れてる。中には手に入れるために強姦した相手もいたらしい」

強姦は最低、と言ったのはそのことがあったからか。

トランプの神経衰弱みたいに、カードが一枚ずつめくられる。本当の答えと合致して、テーブルから疑問というカードが消えてゆく。

「もう一度言います。血の繋がった親子であったって、全然別の人間です。木曽さんは、あの人とは違います。犯罪者の子供だから犯罪者になるわけじゃありません。そんな考え方は同じ立場で頑張ってる人に対して失礼です」

「失礼、か……。お前らしい言葉だな」

「俺は、あの男の人は好きになれそうもないけど、木曽さんは好きです。二人は違う人間だから、好き嫌いも別々です」

「俺が好きか？」

「好きですよ」

「耳に、キスしていいか？」

「は？　なんで急に」

「あの男がお前の耳にキスしてるのを見て、少しは冷静に話し合おうと思ってた気持ちが吹っ飛んだ。許せなかった。俺でさえまだ何もしていないのに、と。今も、お前の耳を見てるとその怒りが湧いてくる。だから上書きさせてくれ。耳だけでいいから」

俺は、もう木曽さんの言葉を疑わなかった。

「耳だけならいいですよ……」

答えるのと同時ぐらいの早さで、彼が俺の耳に唇を当てる。

くすぐったくて肩を竦めると、軽く噛まれた。

「……っ、噛むのはナシです」

「言わなかった」

「そんな教育中のＡＩみたいなこと言わないでください。一々全部説明しなくても考えればわかるでしょう」

「上書きなんだから、あいつ以上のことがしたいのもわかるだろう？　本当は唇にキスしたいところだ」

木曽さんは俺の手を離した。

「さ、これで俺の説明は終わりだ。もう帰っていいぞ。俺はこの部屋でおとなしくしてる」

テーブルの上のカードは殆ど消えた。

俺が知りたかったこと、疑問に思っていたことはもうない。

けれど、テーブルの上にはまだ、一組だけカードは残っている。このカードを捲《めく》らなければならないのは、俺だ。

悩むことなく捲れば合うカードだ。

「帰りませんよ」

「戸部には、俺から言っておく」

「いいえ、戸部さんに言われたからじゃなくて、俺が残りたい理由があるんです」

「……何だ？」

「木曽さんは今、俺のことをどう思ってます？　本当のところを聞かせてください」

一枚目のカードを引っ繰り返す。

「ずっと同じだ。お前を愛してる。深田にはずっと側にいて欲しい。お前を、俺だけのものにしたい。番《つがい》の相手のように手元に置いて愛したい。キスして……」

「もういいです　わかりました」

聞いてるだけで顔が赤くなってしまう。

「だがお前の気持ちを無視して何かすることはない。俺に出来るのは『愛してる。お前が必要だ』と繰り返すくらいだな」

「それももう十分聞きました。ずっと冗談だと思ってましたけど。俺は、戸部さんと木曽さんが恋人同士なんだと思ってました。学生時代からずっと。だからあなたの言葉は少しも信じられなかった」

残った最後の一枚のカードに手をかける。

「説明してくれと言った時に、あなたの言葉を信じられたら、自分の気持ちもハッキリする、と言ったの、覚えてますか？」

「覚えてるさ。引導渡されて終わりだと思った。おびえてるよりはその方がいいと思ったから話したんだ」

「引導なんか渡しませんよ」

もう一度、俺から彼の手を握る。

「あなたが戸部さんの恋人じゃなくて、俺のことを好きになった理由がちゃんとあって、本当に俺のことを心から愛してると言ってくれるなら、俺は木曽さんを好きになってもいいんですよね？」

そんなに驚いた顔をするほどのことですか？

ずっと口説いてたんだから、ＯＫの返事がくるぐらいの想像したことないんですか。

子供みたいな顔で、期待の目を向けないでください。もう答えはわかってるでしょう？

「好きです、木曽さん。少し前から。あなたが本当に俺のことを好きだと言ってくれるといいなと思ってました。俺だけ特別だといいなって」

「深田」

握っていた手を離して、俺を抱き締める。

そのまま、もう一度耳にキスされる。

「俺の恋人になってくれるか？」

「俺の他に誰もそういう人がいないなら」

「いるわけがない。お前一人だ」

「それなら、喜んで」

あなたは嘘ばっかりつくと思っていてごめんなさい。

あなたは本当のことしか言っていなかったのに。

疑って、ずっと一人のままにしていてごめんなさい。俺が信じていれば、この部屋にはもっと色んなものが溢れていて、もっと楽しい時間を過ごせていただろうに。

「木曽さ……ン……」

まだ言いたいことがあるのに、唇が奪われる。

酔った時の軽いキスなんかとは全然違う濃厚なキス。

熱い舌で唇をこじ開け、俺の舌を吸い上げて舐《ねぶ》る。

「ンン……」

押し戻そうと、身体の間に手を入れて彼の胸を押したが、両の手首を掴まれそのまま体重を預けられて仰向けに押し倒された。

それでもキスは続く。

しずる音を響かせて舌は動き続ける。

キスは特別なことだとわかっていたけれど、キスだけでこんなに感じるとは思わなかった。

木曽さんに求められているうちに、突然のキスに驚くだけだったのが、肉感的な熱に溶けていくように感じる。

抵抗もなくなり、なすがままに貪られ、キスが気持ちいいと思ってしまう。

やっと離れた後も、余韻を楽しむように彼は二度、三度と軽く唇を当てた。

「俺の言葉を、覚えているか？」

「……木曽さんの言葉？」

「お前が嫌がってる間は何もしないが、ＯＫが出たら容赦しない」

「それが今のキスですか……？」

「何言ってる。こんなのは前菜だ。メインディッシュはこれからだろう」

あれはジョークじゃなかったのか。あの言葉も『本当』だったのか。

「ち……ちょっと待ってください。俺はたった今、恋人になってもいいって言ったばっかりですよ？」

彼の言うメインディッシュが何かわからないほどウブではないから、俺は慌てて逃げようとした。

「『もう』恋人だろう？」

でも逃がしてくれない。

掴んでいた顎を引き寄せて手にキスする。

「何年我慢してたと思うんだ？　やっと手に入ったんだ。抱かせろ」

「木曽さん……っ！」

「逃げなかったお前が悪い」

木曽さんを止めることは、もう俺にはできなかった……。


木曽さんは好きだし、恋人になると言ったら『そういうこと』をする日が来るというのを想像していなかったわけじゃない。

キスだって、受け入れられた。

でもその日が今日になるとは思わなかった。

キスと違って簡単には受け入れられなくて、彼から逃げようとした。逃げようと努力はしたのだ。

でもダメだった。

捕らえられた手首を離そうと手を動かしているうちにまたキスされる。

キスされている間に手首は離してもらえたが、ネクタイが外される。

「……そ……。木曽さ……」

ワイシャツのボタンが外されて、キスが胸に下りる。

平坦な俺の胸に何度もキスされる。

「待ってくださいって」

「待てない」

「俺は初心者ですよ？」

「俺だって男は初心者だ」

「だったら、もうちょっとゆっくり……」

いや、これじゃゆっくりやれば許すと言ってるように聞こえるかと心配したが。そんなことは関係なかった。

「ゆっくりしてやりたいがダメだ。お前が欲しくてたまらない。何が欲しいのかもわからないほど、深田が欲しい。トランス状態なのが自分でもわかる。だが止まらないんだ」

言いながらもズボンに手をかける。

「そこはマズイですって！」

と言ったのだが、ためらうことなく手はズボンのボタンを外し、ファスナーを下ろした。

彼の手がワイシャツを大きく開こうとしたが、一番下のボタンがまだ留まったままだったのか布の裂けるバリッという音がした。

「あ、スマン」

と謝罪は口にしたけど、手は止まらない。

俺は何とか身体を捻って彼に背を向けたが、それが正しい行動だったのかどうか。

露にされた前を隠したいからうつ伏せになったのだが、背中はガラ空きになった。

スーツの襟元を掴まれて引っ張られて、簡単に脱がされる。

ワイシャツの襟首を掴まれたから、今度は簡単に抜けないように腕を曲げたら、裾から捲られた。

背中に、唇の感触。

「木曽さん！　これじゃ強姦と一緒です！」

必死に叫ぶと、全てが止まった。

恐る恐る振り向くと、起き上がって俯いた木曽さんの姿が見えた。

まるで叱られた犬のようだ。

俺も身体を起こしワイシャツの前を掻き合わせてベッドの上に座り直した。

項垂れたまま、俺の返事を待っている。

「嫌……、なのか」

ああ、もう。ズルイ。

愛情を求める相手に拒まれることを、彼がどう受け取るかわかっている。そんなに傷ついた顔をしないで。俺はあなたを傷つけたくない。

木曽さんに寂しい思いはさせたくないんだから。

「……嫌じゃないです」

と言うしかないじゃないか。

「でも、強引なのはダメです」

「じゃ、どうすればいい？」

「どうすればって……。俺にそれを訊くんですか？」

「深田の嫌がることはしたくない。お前に、嫌われたくはない」

そんな可愛いことを……。

この人は、『子供』として大切にされた時間がなかったから、『子供』の部分がそのまま残っているのかも。

戸部さん、確かに彼は『可愛い』です。

「そんなに、強引にしないでください……」

強い人、デキる人、ちょっと強引だけどカッコイイ人だと思っていた。

でも今は少し違う。

孤独な人、お子様で寂しくて、可愛い人でもあると思ってる。

強い人にはあこがれていた。でも弱い彼は……愛情をあげたいと思ってしまう。

「俺はどこにも行かないから」

覚悟を決めろ、俺。

この人を好きって、恋人になりたいって思ったんだろう？

「木曽さんの事だけを満足させる相手にしないでください」

「そんなつもりはない」

「じゃあ、俺のことを考えて」

自分から、彼に手を差し出す。

「恋人なんですから」

まだ項垂れてる彼を、包むように抱き締める。

「今だけじゃないんです。これからずっとなんですから」

回してきた彼の腕が、しがみつく子供のそれのようだった。

顔を上げた彼の頬に自分からキスを贈る。

唇は、まだちょっとハードルが高かったので。

でも木曽さんには低いハードルだったようで、唇が奪われる。さっきみたいに襲いかかるようなキスじゃなく、許されるかどうかを確かめるキス。

これからのことを想像して、心臓がドキドキしていた。

自分で言うのも何だけど、俺は草食系男子で、こういうことには興味が薄かった。それなりの反応はしても、誰かと肌を合わせたこともなかったし、その必要も感じていなかった。

そんな俺が、逃げないでここに留まっていることを褒めて欲しい。

ゆっくり繰り返すキス。

その度に身体がピクつく。

回った腕が、ワイシャツの中に入り背中を撫でる。

それだけでゾクゾクする。

自分のものではない手が、自分の身体の上を這い回る。

前では唇が俺の胸にキスして、ささやかな乳首を捕らえた。
「……っ」
ズキンとするほど感じてしまう。
舌がその突起をもてあそぶように転がす。
「……あ」
執拗にそこだけを責められて、股間に熱が集まる。まだ触られてもいないのに。
キスだけじゃなく、合間に肌を食まれる。
噛むというわけではなく、吸い付くというわけでもない。
その優しい感触が、また俺を苛む。
「あ……」
男としての欲望が、俺の中で持ち上がってくる。
自分で強引にしないでと言ったのに、触って欲しくなる。
健康な男子なんだから仕方がないじゃないか。感じれば勃つのが当たり前だ。
でもそれが彼の愛撫への反応なのだと思うと、急に恥ずかしくなった。
木曽さんが、背中を支えながら俺を仰向けに横たわらせた。
キスの位置がまたズレて、唇が腹に移る。

背にあった手が抜かれて、触って欲しいと思っていた場所を下着の上から撫でる。

「勃ってるな」

言われて顔が熱くなる。

「……こんなことするのは初めてなんですから、当然です」

「俺で深田が感じてるのかと思うと嬉しい」

ズボンはまだ穿《は》いていた。

ファスナーの部分を大きく開かれて、彼が下着を下ろす。

うわっ、という感じ。

男同士なんだから、トイレでも風呂に入っても、他人のモノを見たことぐらいあるし、見られたことだってあるだろう。

なのに、彼の眼前に自分のモノがさらされていると思うだけで恥ずかしさが募っていく。

「……、あんまり、見ないでください」

腕で顔を隠して懇願する。

「正直、男のモノを見てこんなに欲情すると思わなかった」

手が、ソコを握る。

「う……っ」

手に埋まった先端を舐められる。

「あぁ……っ」

声が上がって、それがまた恥ずかしくて、自分の腕を噛む。

「全部脱がしていいか？」

「……訊かないでください」

彼の手の中でも、どんどん自分が硬くなっていく。

「相手があなたなら、嫌だって言えないんですから……」

沈黙があって、手が離れる。

木曽さんも服を脱ぐのかと思った。

けれど彼は俺に手を差し出して、引き起こした。

これで終わり？　ここまでしておきながら、やっぱりその気にならなかった？

「風呂場へ行こう」

「おふろ……？」

「先に言っておく。俺はお前を女のように抱きたい。女だと思ってるわけじゃないが、ただの触りっこでは終われないと思う」

怒っていいほどデリカシーのないセリフだが、言ってる彼の顔があんまりにも真剣なので何も言えない。

「どうやったら、深田に負担がかからないようにできるかわからないが、風呂に浸かれば少しは楽だろう。俺だって……お前には優しくしたい」

俺のことを考えて、考えて、出した結論がこれだ、と言わんばかりの言葉。

だから、こういうところが可愛くて、逆らえないんだ。

「先に行ってる。……抱いて運んだ方がいいか？」

「自分で歩けます」

俺が答えると、彼はすぐに寝室を出て行った。

ベッドに残った自分の格好に、いまさらながら恥ずかしくなる。

取り敢えず、ズボンだけはこの場で脱いだ。もうファスナーを上げられる状態ではなかったので。

下着とワイシャツ一枚。靴下も恥ずかしいから脱いでゆく。

水音のする方へ歩いていくと、開いたドアの向こうに全裸の木曽さんが見えた。

逞《たくま》しい背中。

テレビで水泳選手のパンイチを見たって何とも思わないのに、それが好きな人の裸だと思うと背中だけでゾクリとする。

そのゾクリとする感覚で、自分がこの人をそういう意味で好きなんだと自覚する。

気配に振り向いた木曽さんは、脱衣所の方に出てきて、俺を抱き締めた。

「本当に逃げないいんだな」

「いまさら逃げると思ったんですか？」

「わからない。置いて行かれることはいつも覚悟してるから」

「置いていかれても傷つかないように？」

「そうだな」

いつもの彼の笑い顔。

「脱ぎますから、離れて」

どうしよう。

どんどん彼が好きになってしまう。

抱き締めて、メチャクチャキスしてやりたくなってしまう。

多分俺が『女役』なんだろうけど、俺だって男だから、自分の好きな人を可愛がってやりたいという気持ちはあるのだ。

ワイシャツを脱いで、パンツも脱いで全裸になったが、肝が据わったのか、バスルームというシチュエーションが気を楽にさせるのか、さっきよりずっと落ち着いていた。

冷たいタイルの上に足を乗せる。

木曽さんはまた俺を抱き締めた。

恥ずかしくて下に視線は向けられなかったが、当たる感触で彼のモノがわかる。

誘われて、バスタブに入る。

うちのユニットバスなんかとは違う、ゆったりとしたバスタブは、二人で余裕で入れた。

向かい合って、足を交差させて、中でまたキスをする。

お湯はまだ溜まっていなかったけれど、二人で入ると水面は胸の下にまで上がった。

……うちのなかなか溜まらない風呂とは違う。

「あ……」

首を食《は》まれて、肩を食まれる。

手が、胸を撫でる。

「胸でも感じるか？」

どうして訊くかな、この人は。

「……何をされても感じますよ」

そしてどうして、そんなに嬉しそうな顔をするかな。

手が、股間へ伸びてくる。

またソコを握られる。

彼はキスを止めて俺の顔を見ていた。

「あ……っ」

くにくにと動かすから、もうイきそうになる。

「ストップ」

「何だ？」

「……中で出したくないです」

真面目に言ったのに、笑われた。

「わかった」

と言って、彼が俺をバスタブの縁に座らせる。

「ちょっと待って、それは……、ア……ッ！」

爆発寸前だったモノが、彼の前で彼の口の中へ消えてゆく。

彼の頭を抱え込んで、我慢しようとしたが、無駄な抵抗だった。

初めての感覚。

「あぁ……っ！」

柔らかな舌に包まれて、俺は簡単にイッてしまった。

「吐き出して！　吐き出して！」

必死の訴えに、彼が口の中のものを洗い場の床に吐き出す。

「飲めたかも」

「AVじゃないんですから！」

「俺もイきそうだ。口でしろとは言わないが、手を貸してくれ」

俺をバスタブに下ろして、今度は彼がバスタブの縁へ上がる。座るのは外向きだ。

「深田」

と催促されて手を差し出すと、彼のご立派なモノを握らされた。

心の中で『うわぁ、うわぁ、ぅわぁ』と、ずっと叫び続ける。何て言うか、他人のってこんな感触なんだ。

俺の手の上に彼の手が重なる。

彼の手の動きに、強制的に付き合わされる。

「……ん」

俺の手が少し動くだけで、彼が声を漏らした。

その声にゾクゾクする。もっと声を上げさせたいという気持ちになって、自分から手を動かしてみる。

「……ッ！」

他人が射精するのを、生まれて初めて見た。見てしまった。

下半身を洗い流してから、彼がバスタブに戻ってくる。

「イかされたな」

と笑った顔は、もういつもの彼だった。

「俺も男ですから」

その笑顔と共に、主導権が彼に握られる。

足首を掴まれ。引き寄せられる。

「あ」

腰が滑って、辛うじてバスタブを掴んだが、ほぼ仰向けに引っ繰り返る。

彼の腕がお湯の中に消え、尻の辺りが撫でられたかと思うと、指先がソコに触れた。

「あ」

指先が、中に入る。

そんなに入るわけがなくてすぐに出ていくが、すぐにまた入ってくる。

何度も繰り返されるうちに、少しずつ深く入ってくる。

「……う」

指と一緒にお湯が入ってくる。

皮膚で感じるよりも温度が高く感じる。

木曽さんが近づいてきて、またキスした。

もうキスされることに慣れたので、自分もそれに応える。

でも下で動く指には慣れなかった。

「……は……っ、あ……ッ」

温かいお湯が肉を柔らかくするのか、指はどんどん深く入ってきて、そのままそこに残って動くという変化も加わる。

前は触られてないのに、妙な気分になってくる。

「ん……っ」

直接的な刺激ではないから、すぐに限界に達することはなかった。

「我慢するのが辛いな」

「……え？」

「すぐ入れたい」

「無理……です……」

「だからしばらくはこのままだな」

それもツライ気が……。

「は…ぁ……」

「誘うな」

「誘ってなんか……」

「色っぽい顔をされると、なけなしの理性が吹っ飛ぶ」

「そん…な…アッ」

俺も何かしてあげたかったが、そんな余裕はない。

ただ彼の指に翻弄され続けるだけだ。

「や……っ」

指が、何かを刺激して痺れが走る。

パシャッと音を立てて水面が揺れる。

「ここか？」

もう一度ソコを探そうと指が蠢《うごめ》く。

もう指は大分中で自由に動けるようになっていた。

「あ、……、だめっ。あ……あぁ……っ」

同じところに指は当たらなかったが、一度感じてしまったら、なぜだか『指』を快感と覚えてしまったかのようにゾクゾクする。

「悪い、我慢できない」

指が抜ける。

指を、咥えさせられていた場所が拡げられる。

木曽さんのモノが当たる。

指ほど簡単に受け入れることはできないが、それでもゆるゆると入ろうとする。

お湯が中に入ってきた。

内側が熱い。

「あ」

無理に押し付けられて腰が滑り、慌てて目の前の木曽さんにすがりつく。

俺を首にぶら下げたまま、彼は行為を続けた。

そこを密着させたまま、両脚を抱え上げられる。

恥ずかしい格好だけど、それよりも入ってくるモノに集中する方が先だった。

「う……っ」

前を握られて、先端を指でグリグリされる。

「アッ！」

そこはダメだ。

せっかく受け入れようと力を抜くことに集中していたのに、力が入ってしまう。

「う……っ」

締め付けられた木曽さんが小さく呻《うめ》く。

それで自制が利かなくなったのか、彼が一気に刺し貫いた。

「あ……っ！」

全部は入りきらなかったのか、何度も身体を進められる。

「そ……っ、あ……っ」

出しっ放しだったお湯が、彼が動く度に波立って溢れてゆく。

熱いのか痛いのかわからない。

ただ自分がヒクヒクと彼を締め付けてるのはわかる。

その何回かに一回、ぶるっと身を震わせるほど力が入ってしまう。

「ん……っ」

快感は彼の手の中にあった。

刺激されて、ズキズキしていた。

目尻も熱くなって、泣いてるわけじゃないのに涙が零れた。

「あ……っ、あ……ッ」

動かないで。

そんなに激しくしないで。

のぼせたのか頭がくらくらする。

それとも、これは快感のせいなんだろうか？

「あ……ん。あっ、あっ」

声が止まらない。

木曽さんが、俺の顎に噛み付いた。

さっきみたいに食むのではなく、歯を立てて。

「痛ッ」

それと同時に、更に深く彼が入ってくる。

お腹に、木曽さんがいる。

そう思うだけでまたゾクゾクした。

「も……、だめ……」

喘ぎ過ぎて喉が痛い。

力を入れ過ぎて身体がだるい。

頭もぼんやりして快感しか感じられない。

イキたい。

「木曽さん……、木曽さ……」

ねだるように名前を呼ぶ。

はしたないと思うけれど、欲望が勝る。

応えるように、強く握られて、もう一度突き上げられる。

「あ……ッ！」

背が反るほど力が入った瞬間、緊張の糸が切れて解放感が広がった。

熱いのに、一瞬だけ鳥肌が立つような寒気を感じ、内側にお湯とは違う温度の液体が注がれるのも感じた。

「あ……」

力が抜けて、ずるずるっと湯船に沈みそうになる俺の身体を抱きとめて彼は言った。

「悪い……。もうお前を離せない……」

気にしたりしないのに……。

インフルエンザで朦朧としている時に木曽さんの言った言葉。

「お前……いれば……、俺は……ひと……にならないで……」

でも本当は『一人にならないでいられる』だと思った。

俺はあの時、『人殺しにならずに済む』だったのかもしれない。

木曽さんの境遇は、俺には遠い世界過ぎて、想像はできても『わかる』とは言えない。

でも、彼が子供なのはよくわかった。

寂しい子供。

甘え方もわからず、何かをあきらめることに慣れた子供。

欲しいものに貪欲だけれど、掴み取ることができず、一度手にしたものは手放せない。自制が利いているようでコントロールがヘタ。

きっと、戸部さんに会うまで、彼は孤独を感じることもできなかったのだろう。

戸部さんの優しさに触れて、自分が孤独であることを知ったのだ。

自惚《うぬぼ》れて言うなら、俺を愛してくれた時、ようやくその孤独を埋める方法を知ったんじゃないかと思う。

あんなにガッついて俺を求めたくせに、ずっと『愛してる』と繰り返すことしかしなかった。

不器用なところもある。

不思議なことに、カッコイイ木曽さんよりも、子供のような木曽さんの方が愛しかった。

「戸部にメールしておいた。色々話を聞いてもらってるから、深田は明日も休ませると」

「ズル休みですね……」

「ズルじゃないだろ。動けるのか？」

「……無理」

俺はベッドの中から答えた。

「ネットで調べたら、女性用の生理用品を当てとくと少し楽らしい」

「そんなの、持ってませんよ」

「使うなら、後で買いに行ってやるよ」

それは……、頼んだ方がいいんだろうか？

「痔の薬とかローションを使うと、痛みが和らぐらしい」

「そんなことも調べたんですか？」

「まだし足り無いからな。だが無理はさせたくない」

「お気遣いありがとうございます……」

こういうことをあけすけに口にできるのも、彼の子供っぽいところなのか、物事にこだわらない男の部分なのか。

悩むところだな。

「戸部さん、お父さんのこと何か言ってました？」

「あれを戸部の父親とは呼ぶな」

「『あの人』のこと」

「ああ、読むか？」

彼はスマホをそのまま俺に手渡し、自分は灰皿を取りに立った。

当然だけど、彼は普通に動けるので。

してる最中は何とかなるかと思ってたけど、終わってみると結構ツライんだよな。

身体の向きを変え、スマホの画面を読む。

そこには、俺の知らない人の名前があって、その人が正式に警察に訴えたと書いてあった。

多分、弟妹のうちの一人だろう。

前科があるので、次に姿を見せたら警察を呼べば済む。

もうあの男のことは考えるな。

俺は義人を愛してるし、深田だってお前を大切に思ってると思うぞ、とも。

もう弟としての『愛してる』だとわかるんだけど、やっぱり好きな人へのメールに『愛してる』という言葉を見ると複雑だな。

「起き上がれるか？　コーヒー淹れたぞ」

戻ってきた彼が、咥えタバコでマグカップを差し出す。

「ありがとうございます。ちょっと待ってください」

俺は痛みが出ないように、ゆっくりと身体を起こした。

マグカップを受け取ると、いい香りがした。

「インスタントなのにいい匂いですね」

「サーバーを買った」

「え？」

「椅子とテーブルとマグカップとコーヒーサーバーを買った。お前が来てくれるかと思って」

……可愛い。

「じゃ、これからは部屋を片付けて、一つ部屋を空けてください。あのウォークインクローゼットみたいな部屋は、クローゼットを買えばあんなにスペースいらないでしょう。あと本棚も買わないと」

「いきなり仕切り出したな」

「仕切りますよ。リビングダイニングにも、ちゃんと食事のできるテーブルを入れましょう。

調理器具は俺が持ってるもので足りますから、買わなくていいでしょう」

木曽さんの顔がタバコを咥えたまま固まる。

「灰、落ちますよ」

「え？　ああ」

「タバコ吸い続けるつもりなら、空気清浄機も買ってくださいね。俺、副流煙でガンになるのは嫌ですからね」

「それって……、どういう意味だ？」

「俺がここに引っ越してくるって意味です」

はっきりと答えると、彼は戸惑った顔になった。

喜ぶと思ったのに。

「嫌ですか？」

「いや、嬉しい。嬉しいが……、本当にいいのか？」

「好きな人とはずっと一緒にいたいでしょう？　俺を離せないって言ったんだから、離さないでください」

「お前は……」

木曽さんはタバコを消し、灰皿を床に置くと、目頭を押さえて笑い出した。

「それから？　俺は何を買えばいい？　何だって買ってやるぞ」

「買い物はまず部屋を片付けてからです。手伝わないので、自分でやってください。俺だって引っ越しの準備をしなくちゃいけないんですから。ああ、一つだけお願いがあります」

「何だ？」

俺はね、本気ですよ。

男なのに男であるあなたに抱かれたんですから。

生半可な気持ちで恋人になるって言ったわけじゃないんですよ。

だから、木曽さんも覚悟してください。

「俺が親にカミングアウトする時、一緒について来てください」

「親に言うのか？」

「言いますよ。一生あなたの側にいる気なんですから、隠し通せないでしょう？　それなら先にはっきり言っておかないと」

木曽さんは目を丸くしたまま固まったかと思うと、今度は声を上げて笑った。

「やっぱりお前は最高だよ。わかった、一緒に行こう。お前を幸せにすると、誓ってこよう」

そうですよ。

これから俺達は幸せに暮らすんです。

二人、で……。

あとがき

皆様、初めまして、もしくはお久し振りです。火崎勇《ひざきゆう》です。

この度は「ホントウは恋のはじまり」をお手に取っていただき、ありがとうございます。

イラストのタカツキノボル様、素敵なイラストありがとうございます。担当のM様、色々とありがとうございました。

さて、今回のお話、如何でしたでしょうか？　実は木曽は大きな子供でした、ってオチですね。深田の方が大人で男前なのです。(笑)

嘘だと思っていたことが全て本当だったので、ここから恋が始まる……、と思った途端スタートダッシュでいくとこまでいってしまうのも、木曽ががまんのきかない子供だからです。

ちなみに、戸部は木曽が本気だということを聞いてはいましたが、深田が相手にしないだろうとタカをくくってました。なので、後日報告を受けてビックリ。

でもまあ、大切な弟と後輩ですから、温かく見守ってくれるでしょう。

木曽はこれからどんどん甘えん坊になっていくのではないでしょうか。深田の尻に敷かれる日もそう遠くないのでは？

それでは、そろそろ時間となりました。また会う日を楽しみに。皆様、御機嫌よう。

カクテルキス文庫

好評発売中!!

◆葵居ゆゆ

青の王と花ひらくオメガ　笹原亜美 画　本体755円+税

◆伊郷ルウ

天狐は花嫁を愛でる　明神 翼 画　本体639円+税

赤ちゃん狼が縁結び　小路龍流 画　本体685円+税

異世界で癒やしの神さまと熱愛　えとう綺羅 画　本体685円+税

熱砂の王子と白無垢の花嫁　えとう綺羅 画　本体685円+税

花嫁は豪華客船で熱砂の国へ　水綺鏡夜 画　本体685円+税

八咫鴉さまと幸せ子育て暮らし　すがはら竜 画　本体755円+税

虎の王様から求婚されました　古澤エノ 画　本体755円+税

◆上原ありあ

囚われた砂の天使　有馬かつみ 画　本体639円+税

◆海野幸

ウサ耳オメガは素直になれない　小椋ムク 画　本体755円+税

◆えすみ梨奈

天才ヴァイオリニストに見初められちゃいましたっ!　立石 涼 画　本体685円+税

◆栗城 偲

嘘の欠片　一夜人見 画　本体755円+税

◆高岡ミズミ

恋のためらい愛の罪　蓮川 愛 画　本体632円+税

今宵、神様に嫁ぎます。～花嫁は強引に愛されて～　緒田涼歌 画　本体573円+税

恋のしずくと愛の蜜　蓮川 愛 画　本体639円+税

竜神様と僕とモモ～ほんわか子育て溺愛生活♥～　タカツキノボル 画　本体639円+税

情熱のかけら　えとう綺羅 画　本体685円+税

月と媚薬　立石 涼 画　本体685円+税

溺れるまなざし　やすだしのぐ 画　本体685円+税

オメガの純情～砂漠の王子と奇跡の子～　小山田あみ 画　本体755円+税

◆橘かおる

神獣の寵愛～白銀と漆黒の狼～　明神 翼 画　本体573円+税

神獣の溺愛～狼たちのまどろみ～　明神 翼 画　本体630円+税

黒竜の花嫁～異世界で王太子サマに寵愛されてます～　稲荷家房之介 画　本体639円+税

神の花嫁　タカツキノボル 画　本体648円+税

レッドカーペットの煌星　明神 翼 画　本体685円+税

その唇に誓いの言葉を　実相寺紫子 画　本体685円+税

神主サマはスパダリでした　タカツキノボル 画　本体685円+税

黒竜の寵愛～異世界で王太子サマと新婚生活～　稲荷家房之介 画　本体685円+税

神様のお嫁様　タカツキノボル 画　本体685円+税

王宮騎士の溺愛　タカツキノボル 画　本体685円+税

妖精王と麗しの花嫁　香坂あきほ 画　本体685円+税

いつわりの甘い囁き　すがはら竜 画　本体755円+税

ツンデレ猫は、オレ様社長に溺愛される　香坂あきほ 画　本体755円+税

Cocktail Kiss Label

カクテルキス文庫
好評発売中!!

◆中原一也
野良猫とカサブランカ　実相寺紫子 画　本体591円＋税

◆火崎 勇
ランドリーランドリー　有馬かつみ 画　本体685円＋税
夕闇をふたり　実相寺紫子 画　本体685円＋税

◆日向唯稀
Dr.ストップ —白衣の拘束—　水貴はすの 画　本体600円＋税
Bitter・Sweet —白衣の禁令—　水貴はすの 画　本体618円＋税
獄中 —寵辱の褥—　タカツキノボル 画　本体685円＋税

◆妃川 螢
オーロラの国の花嫁　えとう綺羅 画　本体573円＋税
誑惑の檻 —黒皇の花嫁—　みずかねりょう 画　本体630円＋税
ラブ・メロディ —執着の旋律—　せら 画　本体648円＋税
ラブ・メロディ —情熱の旋律—　せら 画　本体685円＋税
王と剣 —マリアヴェールの刺客—　みずかねりょう 画　本体685円＋税

恋の孵化音 —Love Recipe—　かんべあきら 画　本体685円＋税
金融王の寵愛　海老原由里 画　本体685円＋税
禁断ロマンス　朝南かつみ 画　本体685円＋税

◆藤森ちひろ
愛執の褥 〜籠の中の花嫁〜　小路龍流 画　本体618円＋税

◆森本あき
魔王の花嫁候補 〜下級魔法使いの溺愛レッスン〜　えとう綺羅 画　本体685円＋税
希少種オメガの憂鬱　立石 涼 画　本体685円＋税
同棲はじめました。 〜子育て運命共同体〜　タカツキノボル 画　本体755円＋税

◆義月粧子
宿命の婚姻 〜花嫁は褥で愛される〜　みずかねりょう 画　本体582円＋税
かりそめの婚約者　水綺鏡夜 画　本体630円＋税
オメガバースの不完全性定理　星名あんじ 画　本体685円＋税
オメガバースの双子素数予想　星名あんじ 画　本体685円＋税
オメガバースのP対NP予想　星名あんじ 画　本体685円＋税
諸侯さまの子育て事情　小禄 画　本体685円＋税

オメガバースの寵愛レシピ　Ciel 画　本体755円＋税
闇に溺れる運命のつがい　タカツキノボル 画　本体755円＋税

【電子書籍配信】

◆妃川 螢
不敵な恋の罪　タカツキノボル 画　本体857円＋税
ワガママは恋の罪　タカツキノボル 画　本体857円＋税

Cocktail Kiss Label

カクテルキス文庫をお買い上げいただきありがとうございます。
先生方へのファンレター、ご感想は
カクテルキス文庫編集部へお送りください。

〒102-0073　東京都千代田区九段北3-2-5 5F
株式会社Jパブリッシング　カクテルキス文庫編集部
「火崎　勇先生」係　／　「タカツキノボル先生」係

ホントウは恋のはじまり

2021年3月30日　初版発行

著　者　火崎　勇
©Yuu Hizaki

発行人　神永泰宏

発行所　株式会社Jパブリッシング
〒102-0073　東京都千代田区九段北3-2-5 5F
TEL　03-3288-7907
FAX　03-3288-7880

印刷所　中央精版印刷株式会社

ISBN978-4-86669-379-8　Printed in JAPAN